KB093338

우리가 잃어버린 것

서유미

우리가 잃어버린 것

서유미

소설

PIN
032

차례

PIN

032

우리가 잃어버린 것

서유미

경주는 다이어리를 펴고 11시 30분 출근이라고 썼다. 출근이라니, 웃긴다고 생각하면서도 자기가 써놓은 글자를 한동안 쳐다보았다. 출근의 의미가 돈을 벌러 나감이 아니라 '일터로 근무하러 나감'이라는 걸 알게 된 뒤로 그 단어의 쓰임은 좀 더 각별해졌다. 경주에게는 어딘가로 나아간다는 느낌과 소속감이 필요한 시기였다.

카페 '제이니'에 출근하자마자 하는 일은 그저 커피 주문인데도 시간을 지키려고 애썼다. 지우가 어린이집에 가서 출석부에 도장을 받는 날은 자신도 쿠폰의 스탬프 수를 늘리기로 했다. 커피를 기다리며 경주는 쿠폰에 찍힌 스탬프의 잉크가 말라 가는 걸 지켜보았다. 무료 커피까지는 네 개의 빈 칸이 남았다. 카페에서 하는 일이라곤 구직 활동 뿐이었지만 성실함은 중요했다.

테이블에 앉아 한숨 돌리며 경주는 아침의 번 잡함과 분주함을 털어냈다. 어린이집에 가기 전에 지우는 좀만 더 이따 갈 거야, 장난감 가져갈래, 하 며 고집을 부렸다. 시간을 확인한 경주는 그만 가 자고, 친구들이 기다린다고 얘기했지만 지우는 두 개의 인형을 들고 소파에 누워서 역할극을 펼쳤 다. 아침마다 늑장 부리고 고집 피우는 모습을 보 고 있으면 속이 타들어 가서 불이라도 뿜을 수 있 을 것 같았다. 경주는 지우를 달래고 윽박질러서 현관문까지 데리고 나갔다. 그 순간의 심정은 지 우를 끌고 갔다고밖에 설명할 길이 없다. 반복되 는 아침 실랑이의 승자는 표면적으로 경주지만 지 우를 보내고 카페에 오면 늘 패배감에 절어 마음 이 눅진했다.

혼자라는 감각이 회복되면 아침에 지우를 너무 다그친 게 아닐까, 한 번이라도 더 안아주었어야 했는데, 라는 후회가 밀려왔다. 해야 할 일을 제대로 가르치면서 포용하고 기다려주는 엄마가 되기란 어려웠다. 출근 뒤의 의식을 치르듯 경주는 지우의 사진과 동영상을 보았다. 블록과 인형을 손에 든 채 노래를 흥얼거리고 웃으며 말하는 아이는 귀엽고 예뻤다. 눈 앞에 있는 아이를 볼 때도 사랑스럽지만 진짜 사랑은 분리되어 가상의 아이를 보는 순간에 존재하는 것 같았다. 사진과 영상을 거슬러 올라갈수록 지우는 어려졌고 그 모습은 경주의 죄책감을 후벼 팠다. 하원하면 화내지 말고 잘해줘야지. 매일 하는 다짐을 새롭게 되풀이하면서 경주는 아가, 하고 중얼거렸다. 자신만 이러는 게 아니라 인간이 원래 이렇고 인생도 이런 패턴으로 흘러가는 거라고 생각해야 마음이 놓였다.

경주는 노트북의 전원을 켠 뒤 메일 창을 열었다. 커피를 주문하고 휴대폰으로 지우의 사진과 동영상을 감상한 뒤 메일을 확인하는 건 최근 두 달 사이 생긴 루틴이다. 커피를 마시며 헤드헌터가 보낸 메일은 없는지, 인사 담당자들이 이력서를 읽었는지 확인했다. 헤드헌터는 며칠째 소식이 없고 메일 수신 확인란의 읽음과 읽음 사이로 읽지 않음 표시가 보였다. 두 달이 되도록 확인하지 않는 메일도 있었다. 내부적으로 채용이 끝났거나 채용 계획이 없어졌다는 뜻일 것이다. 구직자 입장에서는 회사의 어떤 사정이 읽지 않음 상태를 만들어낸 건지 알 수 없다. 경주는 이 알 수 없음을 견디는 것도 구직 활동의 일부라고 생각했다. 모르는 상태에서 양식에 맞는 이력서와 자기소개서를 묵묵히 발송하는 것, 그 일에 감정을 싣지 않고 지속해나가는 것이 중요했다. 가끔은 무인도에서 비행기가 지나갈 때마다 횃불을 들고 구조 신호를 보내는 기분이었다. 여기에 자신이 있음을 알아봐주기를 간절히 바라는 마음으로 팔을 흔들었다. 이력서를 읽음과 읽지 않음 모두 도움의 손길로 이어질 가능성이 희박했지만 무언가 보이면 열심히 팔을 흔들어야 했다. 멈추지 않는 게 중요했다.

메일 창을 닫고 구직 사이트에 접속하기 전에 경주는 노트북의 바탕화면을 바라보았다. 최근에 변경한 바탕화면은 우주에서 바라본 지구를 찍은 사진이다. 검은 하늘에 엄지손톱만 한 지구가 놓여 있고 그 주변으로 하얀 별들이 점점이 흩어져 있다. 경주는 뜨거운 커피를 마시며 작고 둥글고 푸른 지구를 보았다. 메일함을 확인한 뒤 커피를 마시는 정오 무렵에 그녀는 우주 속의 지구를 보며 원근감을 조절했고 자신의 좌표를 새롭게 인지했다. 현재의 상황에서 자신을 분리시키며 크기를 짐작할 수 없는 우주와 은하계와 태양계처럼 멀고 아득한 것으로 시선을 돌렸다. 그 안에서 지구는 작고 자신은 티끌보다 더 미세한 존재일 것이다. 거리감을 조금 확보하면 반대 방향으로 접근해 태양계, 지구, 인류, 아시아, 대한민국, 서울, 그리고 무슨 구와 동과 번지수 안의 자신에게로 돌아왔다. 우주 안의 작은 지구와 그 안에 담긴 더 작은 자신, 사람들과 더불어 생의 궤도를 공전하고 자전하는 자신을 인식하고 지금 여기의 일이나 오늘 하루의 상황에서 시선을 옮겨야 구직 활동을 계속할 힘과 마음이 생겼다. 하루를 산다는 건 지구의 한 귀퉁이, 작은 카페에 앉아 있는 자신에게 허락된 찰나의 시간을 보내는 거라고 생각해야 거절이나 외면, 모두 견딜 만했다.

경주는 구직 사이트를 살펴보며 남은 커피를 천천히 마셨다. 회사에 다닐 때도 적정량의 카페인을 섭취해야 머리가 돌아갔고 아이를 낳은 뒤에는 더 많은 카페인이 필요했다. 지우의 하원까지 네 시간 정도가 남아 있었다.

카페 제이니에 출근하기 시작한 지 두 달이 되었다. 지우를 어린이집에 보낸 뒤 집에 있으니 시간이 흩어지고 책을 보는 일이나 구직 활동 모두 느슨해졌다. 아이를 데리러 가는 시간까지 종종거리며 움직이는데도 진전이 없고 정체된 기분이었다.

출산 후에 이렇게 오래 쉬게 될 거라곤 생각하지 못했다. 처음에는 3개월의 출산휴가만 쓰고 복직할 계획이었다. 아이를 낳고 50일이 되자 100일 즈음에 누군가에게 맡기고 출근한다는 게 가능한가, 고민하게 되었다. 아이의 몸은 너무 작고 연약해서 옷을 갈아입히고 목욕을 시킬 때마다 어딘가 부러지거나 다치는 게 아닐까 걱정스러웠다. 모유와 분유를 섞여 먹이는 동안 회사에서 모유 문제를 해결해야 한다는 것도 끔찍했다.

복직을 1년 뒤로 미루고 싶다는 메일을 보내면서 경주는 그동안 같이 일했던 여자 선배들을 떠올렸다. 출산 2주 전까지 일하고 3개월 육아휴직을 쓴 뒤 돌아와 허둥대며 일하던 이 팀과 저 팀의 아기 엄마들. 육아휴직 기간을 가졌다는 것 외에 변화가 느껴지지 않던 선배들도 있었지만 잠을 제대로 못 자서 회의 시간에 멍한 얼굴로 자리를 지키던 선배, 아이가 아프다는 전화를 받고 쩔쩔매며 반차를 쓰던 동료도 있었다. 그렇게 몇 달을 버티다 퇴사해버린 사람들과 그만두지 않고 투쟁하듯 다니던 사람들이 한 명씩 떠올랐다.

　　주원은 경주의 모성애에 놀랐지만 그녀가 다른 사람을 못 믿어서 아이를 맡기지 못한다는 것도 잘 알았다. 경주가 모유 수유를 하고 이유식을 만들어 먹이는 걸 보며 사 먹여도 괜찮다고 그 시간에 좀 쉬라고 했다.

　　—나는 경주 씨가 애 낳고 나면 바로 일하러 간다고 할 줄 알았어. 워커홀릭이었잖아.

　　—그러게. 나도 그럴 줄 알았는데.

　　경주도 자신의 마음과 선택에 어리둥절했다. 머

릿속의 그녀는 출산휴가 기간이 끝나자마자 아이 봐줄 사람을 구하며 서둘러 복직 준비를 하는데 현실의 그녀는 복직을 미룬 채 돌잔치에 대한 정보를 모으고 있었다. 6개월, 1년이 지나도 남에게 맡기기에 여전히 지우가 어리다는 생각을 떨칠 수가 없었다. 좋다, 싫다 정도의 의사 표현은 할 수 있어야 하지 않을까. 그러면서 아이를 두고 일하러 나가기에 충분한 시기는 영영 안 올지도 모른다는 불안함에 휩싸였다. 예전에는 아이를 낳으러 간 선배나 동료들의 퇴사 소식을 접할 때마다 답답하고 안타까웠는데 이제야 자신이 모르는 세계에서 일어난 사건들이 그녀들을 끌어당기고 놓아주지 않았다는 것을 알게 되었다. 몰입해야 할 대상이 바뀐 사람들의 선택은 달라질 수밖에 없었을 것이다.

1년의 육아휴직이 끝나고 복직 시기가 다가오면서 경주는 돌보미를 구하는 대신 지우를 어린이집에 보내는 쪽으로 마음을 정했다. 맘 카페에서 괜찮다는 평을 받은 어린이집에 일찌감치 대기 신청을 했고 연락이 오면 상담을 받으러 갔다. 대기

자가 많고 커리큘럼이 좋고 아이들이 즐겁게 다닌다는 곳도 막상 가보면 보내기가 망설여졌다. 시설이 열악하거나 선생님들이 불친절해서가 아니라 돌이 막 지난 아이들이 한방에서 침을 흘리며 기어 다니고 놀이용 싱크대를 붙잡고 일어서는 모습을 보는 게 힘들었다. 경주는 안내해준 선생님에게 좀 더 고민해보겠다고 얘기한 뒤 지우를 태운 유아차의 손잡이를 꼭 잡은 채 집으로 돌아왔다. 결국 보낼 거지만 지금은 아니라는 목소리가 내면에서 계속 울렸다. 몇 달만 더 있다가, 조금만 더 크면. 지우가 어눌하게라도 응, 아니, 싫어, 좋아, 를 할 때까지 기다리자, 하다 보니 두 돌이 다가왔다.

회사에서는 조직 개편을 진행하면서 복직 의사를 물었다. 복직하게 되면 팀장이 아니라 팀원으로 합류해야 하고 연봉 협상도 새로 할 거라고 했다. 예전 같으면 회사의 결정에 의문을 품고 반발했을 텐데 출퇴근과 회사 업무를 떠올리자 경위나 결정에 대한 궁금증보다 겁이 났다. 의뢰받은 사보나 브로슈어가 한 권씩 나올 때마다 반복되던 미팅과 야근과 회의를 돌이켜보니 다시 그렇게 일할 자신이 없었다. 시간을 들이고 욕심을 부리며 자신의 것처럼 만들지만 정작 자기 것은 하나도 없다는 걸 깨닫는 일로 돌아간다는 게 망설여졌다. 아이를 낳고 나서 일을 바라보는 자신의 시선이 변한 건지 십몇 년을 일하다 쉬게 되니 꾀가 생긴 건지는 알 수 없었다.

경주는 회의 시간에 쓸 만한 아이디어를 내지 못하던 선배들, 점심시간에 아이 사진을 보여주며 대답을 기다리던 육아 선배들을 떠올렸다. 작고 어리고 선배를 좀 닮았다는 것 외에 별다른 감동을 주지 않던 얼굴을 보며 귀엽다거나 예쁘다고 마음에도 없는 소리를 해야 하는 게 피곤했다. 속으로 그들을 한심해했고 아이를 낳지 말거나 낳더라도 저렇게 되지 말자고 결심했다. 복직하면 그런 선배가 될 것 같아서, 머리가 굳었나 봐, 감을 못 잡겠네, 같은 말을 농담이랍시고 하게 될까봐 겁이 났고 그런 사람이 되지 않을 자신도 없었다. 아이를 낳은 뒤로 예전에 자연스럽던 일들이 조심스러워졌고 어떤 것도 장담할 수 없게 되었다. 자신으로 살면서 한 생명을 건사하는 엄마의 역할을 한다는 게 이렇게 많은 걸 변화시키는 일인지 몰랐다.

회사의 메일을 받은 날 경주는 지우를 재운 뒤 주원과 식탁에 마주 앉았다. 야식을 먹으며 모처럼 미전팀 회의를 열었다.

소개팅을 한 뒤 일정 기간의 탐색기를 거쳐 연애를 시작했을 때 두 사람은 회의 시간을 자주 가졌다. 주말 데이트와 여름휴가, 생일 이벤트와 크리스마스까지 회의의 안건은 많았다. 두 사람은 미래전략기획팀이라는 허세 가득한 이름을 만들어놓고 회의를 빙자해 새벽까지 술잔을 기울였다. 노경주 팀장과 박주원 팀장이 아니라 경주 씨와 주원 씨만의 팀 회의였다. 미래전략기획팀에서 주원은 사랑을 고백한 뒤 결혼 얘기를 꺼냈고 다음 회의에서 경주가 수락함으로 팀 공동의 목표가 생겼다. 그 뒤로 신혼집을 어느 곳에 마련할지 생활비와 대출 문제는 어떻게 할지 상의해야 할 주제가 늘어났다. 결혼식과 신혼여행에 대해 의견을 나누는 동안 아기가 생겼다는 걸 알게 되었다. 착

착 진행되던 결혼 준비는 좀 더 중요한 문제를 품게 되었고 예상하지 못한 상황 속에서 두 사람의 연애 감정은 동지애로 빠르게 전환되었다.

서른일곱, 동갑내기의 결혼은 임신으로 인해 템포가 빨라졌다. 자전과 공전 속도가 빨라져 하루가 짧아지고 시간이 1.5배속으로 흐르는 것 같았다. 그때를 돌아보면 경주는 지우를 아무 탈 없이 낳은 게 기적이라는 생각이 들 정도로 바쁘게 움직였다. 임신한 상태로 회사 일과 결혼 준비를 진행했고 퇴근 후에 병원에 다니며 정기검진을 받았다. 지우를 낳고 나서 경주는 자신의 하루가 건전지가 다 된 시계처럼 느리게 간다는 느낌을 받았다.

경주의 복직 문제는 여러 번의 회의를 거친 뒤에도 결론을 내리지 못했다. 다시 일을 시작한다는 문장에 마침표를 찍기 위해서는 현실적이고 심리적인 여러 가지 문제를 연속적으로 해결해야 했다. 그들은 인생에서 가장 어려운 상황과 맞닥뜨린 것 같았다. 다신 못할 것 같다며 고개를 내저었던 결혼식 준비나 임신, 출산의 과정도 하루 종일 아이를 맡기고 일하러 나가는 것에 비하면 수월해

보였다. 경주가 괜찮을까, 라고 물어볼 때마다 주원은 애보다 당신 생각을 먼저 하라고 했다.

　—어떤 선택을 해도 난 따를 테니까.

　그것이 진심이든 아니든 주원이 자신의 생각을 강요하지 않는 사람이라는 점은 다행스러웠다.

　두 사람은 아이를 봐줄 사람을 구하는 것과 지방에 사는 경주의 엄마가 와서 같이 사는 방법, 두 사람의 퇴근 시간까지 아이를 어린이집에 맡기는 것에 대해 고민했다. 주원은 사람을 구해서 퇴근 시간까지 맡기자, 에 한 표를 던졌다. 장모님이 오시는 건 너무 죄송하고 지우를 하루 종일 어린이집에 두는 것도 가엾다고 했다.

　—혼자 늦게까지 남으면 천덕꾸러기가 될 것 같아.

　—그렇지만 괜찮은 사람을 구한다는 보장도 없잖아.

　어느 쪽에도 마음을 두지 못하다 보니 경주는 이리저리 흔들렸고 자꾸 주원의 의견에 반대하는 입장에 섰다.

　믿을 만한 사람은 둘째치고 당장 아이를 봐줄

아줌마를 구하는 것도 쉽지 않았다. 기저귀도 떼지 않은 아이를 주 5일 동안 아침 일찍부터 저녁까지 맡기려면, 경주가 팀장으로 있을 때 받던 월급의 반 이상을 지불해야 했다. 불안함과 죄책감의 비용까지 포함시킨다면 비효율적인 선택이었다. 경주는 막막하다는 말의 한복판에 서 있는 것 같았다. 앞과 뒤, 양 옆을 둘러봐도 열고 나갈 수 있는 문이 보이지 않았다.

고민 끝에 경주는 같이 일했던 선배들에게 조언을 구했다. 오랜만의 연락에 그들은 무슨 일이냐고 물었다가 경주가 육아와 복직 얘기를 꺼내자 입을 모아 아, 고민되지, 하며 한숨을 내쉬었다. 선배들의 경험과 조언은 한 방향으로 모이지 않았다. 어떤 결정과 함께 아이를 키웠든 각자의 방식으로 후회했다.

—눈 딱 감고 일해. 저지르면 다 하게 돼 있어. 내가 그걸 못해서 주저앉았잖아. 경주 씨. 일 안 하고 엄마로만 살 수 있어?

—아이가 어릴 때는 확실히 엄마가 필요해. 애착 관계 형성도 그렇고. 그동안 일은 할 만큼 했잖아.

일은 나중에 해도 되니까 지금은 애한테 집중해.

선배들의 말은 경주의 마음을 두 갈래로 나누어놓은 것 같았다. 양쪽 다 솔깃하고 일리가 있었다. 어느 길로 갈 건지 방향을 정하는 건 결국 그녀의 몫이었다. 주원이 경주의 뜻을 따르겠다는 말은 의사를 존중하겠다는 배려의 의미만이 아니라 나중에 원망을 듣고 싶지 않다는 계산까지 포함된 것이었다. 그래도 같이 사는 사람이 고집을 부리거나 매사에 돈타령하며 본질을 흐리지 않는다는 건 큰 힘이 되었다. 경주는 자신이 받게 될 급여와 돌보미 아줌마에게 지불해야 할 비용에 불안과 죄책감의 감정을 더하고 빼보았다. 일은 나중에도 구할 수 있지만 아이의 유아기는 지나가면 다시 돌아오지 않는다는 조언이 마지막까지 남았다. 복직을 더 이상 미룰 수 없어서 고민 끝에 그녀는 회사를 그만두기로 했다.

지우가 어린이집에 다니기 전에는 지우의 밥과 낮잠이 하루를 나누는 단위가 되었다. 시간은 흘러간다기보다 점선 표시가 되어 있는 것처럼 밥과 낮잠을 지나갈 때마다 한 마디씩 쪼개지고 부서졌다. 지우가 분유나 이유식을 먹고 나면 경주는 낮잠을 재워보려고 애를 썼다. 아기 띠로 안고 몸을 천천히 흔들어보기도 하고 유아차에 태운 채 아파트를 몇 바퀴씩 돌기도 했다. 한 번의 낮잠에 실패하면 그다음 낮잠의 시간이 그만큼 길어지기를 기대했지만 지우가 그 바람에 응답한 적은 별로 없었다.

건강한 아이들도 밥이나 잠, 둘 중에 하나로 양육자를 힘들게 한다. 밥도 잘 먹고 잠도 잘 자는 아이는 드물다. 지우에게 부족한 것은 잠이었다. 지우는 분유에서 이유식으로 넘어갈때도, 밥을 먹게 된 뒤에도 투정 부리지 않았지만 잠들기까지 시간이 오래 걸렸고 수면 시간이 짧았다. 밥과 잠 중 무엇이 더 중요하고 밥투정과 잠투정 중 무엇이 더 힘들게 한다고 단정 지을 수는 없지만, 졸려서 눈을 끔벅거리면서도 놀고 싶어 하는 지우를 볼 때마다 경주는 밥과 잠 중에 선택하라면 잠을 고르고 싶다고 생각했다.

택배를 주문할 때 배송 메시지는 늘 경비실에

맡겨주세요, 를 선택했다. 그래도 물건을 가지고 올라오는 분들이 있기 때문에 현관문 앞에는 '아이가 자니 벨 누르거나 문 두드리지 말고 문 앞에 놓아주세요'라는 문구를 써서 붙여두었다. 아이가 자지 않아도 언제 자게 될지 알 수 없으니 그 문구를 뗄 수 없었다. 평소에 지우는 잘 울지 않는데 자다가 깨면 사이렌이 울리듯 애앵, 하고 울음을 터뜨렸다. 주변의 소음 때문에 아이가 낮잠에서 깨고 사이렌 소리와 함께 짧은 휴식 시간이 끝나면 경주도 소리 내어 울고 싶어졌다.

밤에 지우가 겨우 잠이 들면 경주는 완전히 잠들 때까지 기다리며 자신의 머리 꼭대기에서 눈으로 무겁게 흘러내리는 잠을 떨쳐내려 애썼다. 아이와 함께 자버리는 건 시간도 아깝고 억울했다. 명백한 퇴근도, 주말과 공휴일도 없는 육아 속에서 하루 종일 지우가 잠들기만을 간절히 기다렸다. 그래야만 몇 시간이라도 자기만의 시간을 가질 수 있었다.

지우가 잠든 걸 확인하고 나면 그녀는 희미하게 남아 있는 의식을 이끌고 거실로 나왔다. 소파에 앉아 등을 기대고 고개를 젖힌 채 한동안 가만히 있었다. 어린아이와 함께 지낸다는 건 대부분의 시간 동안 좌식 생활을 한다는 의미고 몇 시간씩 바닥에 앉아 있다 보면 중력의 영향을 많이 받은 목과 어깨와 허리가 기묘하게 뒤틀렸다. 소파에 앉아 있는 동안 구부려져 있던 등이 서서히 펴지고 잠이 조금씩 달아났다.

경주가 혼자만의 시간을 확보하는 방법은 잠을 줄이는 것뿐이었다. 짧은 모유 수유 기간이 끝나고 지우가 통잠을 자게 된 뒤로 아이가 잠들면 방에서 나와 식탁에 앉았다. 잠과 현실에 한 발씩 걸친 채로 의자에 앉아 불 꺼진 거실과 베란다 창밖을 바라보았다. 앞 동의 까맣게 변한 집들 사이로 드문드문 불 켜진 창문들이 아주 먼 곳의 빛처럼 보였다. 하루와 인생의 유한함에 대해 생각하다 보면 쓸쓸함이 창가에서부터 밀려와 거실 바닥을 지나 식탁 밑의 발목까지 차올랐다. 발이 축축해지는 기분이 들면 경주는 고개를 흔들며 노트북의 전원을 켰다. 한 방울씩 모인 피곤과 졸음이 머리 위의 양동이에 가득 차 무게를 견디지 못하고 넘쳐 쓰러질 때까지 영화와 예능 프로그램을 찾아보았다. 사람들이 부대끼는 드라마나 친한 이들끼리 여행을 떠나고 캠핑지에서 생활하는 내용을 즐겨 보았다. 가보지 못한 곳의 아름다운 풍경을 감상하는 것도 좋고 비일상적인 공간에서 펼쳐지는 일상적인 움직임을 보고 대화를 듣는 것도 즐거웠다.

새벽 서너 시쯤, 양동이 안에 모인 졸음이 머리 위에서 똑똑 떨어지다가 무게를 견디지 못한 채 왈칵 쏟아지면 고개가 완전히 앞으로 꺾이면서 온몸이 푹 젖었다. 경주는 몇 분 동안 그 상태로 졸음에 빠져 있다가 무거워진 머리와 몸을 이끌고 방으로 들어갔다. 하루가 먼 우주 속으로 사라지며 소멸하는 건지 새롭게 시작되려는 건지 알 수 없었다. 어둠 속에서 기묘한 자세로 잠들어 있는 아이를 확인한 뒤 그 옆에 가만히 누웠다. 눈을 감고 있는 동안 시스템을 종료 중입니다, 라는 글귀가 잠시 깜박거리다가 전원이 꺼졌다.

출산 후 2년 동안 경주의 밤과 새벽은 그런 식으로 흘러갔다. 주원과 마주 앉아 술을 마실 때도 있고 야식의 유혹에 빠지기도 했지만 대부분의 시간은 식탁에 앉아 보냈다. 새벽까지 버티다가 잠들기 일쑤였고 아침에 지우가 깨거나 주원의 출근 시간이 되면 잠이 부족한 상태로 일어났다. 아이가 자서 혼자 있는 시간만이 지우의 엄마가 아니라 자신으로 사는 시간이라고 생각했다.

아이를 낳은 뒤 한동안은 실컷 자고 싶다는 열망에 시달렸는데 그게 어렵다는 걸 알게 되자 잠이 완전히 거세되었으면 좋겠다고, 잠과 졸린 기분과 나른함이 완전히 사라졌으면, 하고 바라게 되었다. 독립해서 끼니를 챙겨 먹기 귀찮았을 때 식욕이 없어졌으면 하고 바랐던 것처럼. 먹고 싶다는 생각과 배가 고프다는 감각과 뭐라도 먹어야 한다는 강박에서 해방되고 싶던 시절을 지나오니 잠과의 전쟁이 시작되었다. 잠만 사라지면 낮의 지우 엄마와 밤의 노경주로 나뉘는 것에 대한 괴리감이나 죄책감 없이 엄마로도 자신으로도 균형감 있게 살 수 있을 것 같았다.

경주가 새벽의 식탁에 앉아 불을 밝히고 자신의 시간을 보냈다면 주원은 작은방의 모니터와 휠마우스 불빛 앞에서 휴식했다. 밤에 경주와 주원은 번갈아 가며 아이를 재웠다. 지우를 재우는 밤이면 주원은 같이 잠들었고 경주가 당번인 날에는 일찌감치 씻은 뒤 작은방의 컴퓨터 앞에 자리 잡았다. 경주가 잠을 머리에 인 채 안방에서 나오면 작은방의 문틈으로 밝은 빛과 마우스를 딸깍이거나 자판을 누르는 소리가 흘러나왔다.

경주는 가끔 문을 연 채 주원의 뒷모습을 쳐다보았다. 집에서 즐겨 입는 회색 반팔 티셔츠에 헤드폰을 끼고 있는 모습은 익숙하기도 하고 다른 사람처럼 보이기도 했다. 주원이 방에서 혼자 게임하는 시간이 제일 편하다고 했을 때 경주는 자신도 그런가, 돌아보았다.

인기척을 느낀 주원이 돌아보면 두 사람은 몇 마디 간단하게 나눈 뒤 각자의 자리로 돌아가기도 하고 가끔은 주원이 화장실에 갔다가 식탁의 맞은편 의자에 앉을 때도 있었다. 그때마다 주원은 방해되는 거 아냐? 라고 물었고 경주는 그냥 영화 보는 건데 뭐, 하면서 일시정지 버튼을 눌렀다. 뭐 봐? 오늘 어땠어? 피곤하지 않아? 요즘 뭐 먹고 싶은 거 없어? 같은 일상적인 대화를 이어가다 맥주나 와인을 꺼내서 같이 마시기도 했다.

아침 일찍 일어나 지우에게 밥을 먹이고 주원의 출근을 돕고 지우와 집에서 놀다가 밖에 나갔다 오고 다시 먹이고 낮잠을 재운 뒤 저녁을 맞이하는 경주가 어떤 몸과 마음 상태로 새벽의 시간을 보내는지 주원이 알지 못하듯, 경주도 밖에서 일하고 퇴근해 돌아오는 주원의 생활이 어떻고 아이와 놀아주고 쉬는 주원의 몸 상태나 마음이 어떤지 알 수 없었다. 다만 그들은 최선을 다해 자신의 몫을 해내고 상대가 시간을 보내는 방식을 한심해하거나 경멸하지 않고 인정하려고 애썼다.

결혼 초, 아이를 낳은지 얼마 안 됐을 때는 서로에 대해 알 수 없다는 것이 답답하고 고통스러웠다. 밤에 지우를 재우려고 가슴을 토닥이며 자장가를 부르다가 눈물이 터진 적도 있었다. 아이가 깰까봐 소리도 내지 못한 채 목이 메도록 울었다. 뭐라 말할 수 없고 설명하기 어려운 감정이 눈물이 되어 흘러내렸다. 누가 잘못한 것도 아니고 특정한 누군가를 원망하는 것도 아닌, 그냥 어떤 순간을 지나가는 길이 고단해서 쏟아지는 눈물이었다. 울다가 문득, 말 못하는 아이도 그래서 우는 건가 싶어졌다. 울음이 언어가 되는 시기. 어른이 되어도 눈물로, 우는 일로만 속엣것을 끄집어낼 수밖에 없는 시기를 지날 때가 있다는 걸 알게 되었다. 사람들은 이 시기와 이 상태를 아이와 엄마가 자라는 때라고 하겠지. 경주도 눈물을 닦고 잠이 들면 아무 일 없었던 것처럼 지나가게 될 것이었다. 인생을 산다는 게 그 접힌 페이지를 펴고 접힌 말들 사이를 지나가는 일이라는 걸, 아무리 가깝고 사랑하는 사이여도 모든 것을 같이 나눌 수도 알 수도 없다는 걸, 하루하루 각자에게 주어진 일들을 해나가다 가끔 같이 괜찮은 시간을 보내는 게 인생이라는 생각이 들었다.

주원은 늘 퇴근하는 길에 전화했다. 7시쯤 회사 건물에서 나오거나 지하철을 타면서 지금 끝났어, 라고 말했다. 야근이나 회식, 친구들의 모임에 가는 중이라는 소식을 전할 때도 있지만 그런 일을 갑자기 통보하는 일은 없었다. 대부분 그전에 상의하고 결정된 것을 다시 알려주는 식이었다. 그런 날 경주는 동생이나 친구 J를 불러 같이 저녁을 먹었다. 주원이 친구들의 모임에 다녀오고 경주가 동생이나 J와 맥주를 마시며 실컷 수다를 떤 다음 날 두 사람은 서로에게 좀 더 너그러워졌다.

곧바로 퇴근하는 날 전화를 건 주원의 멘트는 몇 개의 보고와 몇 개의 질문으로 이어졌다. 지금 회사에서 나왔어. 지우는 뭐 해? 뭐 사갈까? 경주가 전화를 못 받으면 주원은 한 번 더 통화 버튼을 눌렀고 그래도 통화가 안 되면 메시지를 남겼다. 뭐 사갈까. 가장 마지막 메시지는 언제나 자신이 무엇을 사 가면 좋을지 묻는 것이었다. 통화 내용도 대부분 뭐 사갈까, 그냥 와, 뭐 사갈까, 그냥 와, 의 반복이었다. 처음에 주원은 그냥 와, 를 그대로 받아들여서 빈손으로 퇴근했는데 점차 그냥 와, 를 자기만의 방식으로 해석하기 시작했다. 비가 오니까, 날이 더워서, 라는 말과 함께 회사 근처의 맛집에서 디저트나 저녁거리를 사 왔다. 주원이 건네는 쇼핑백 안에 든 샐러드 팩이나 연어롤, 샌드위치, 쿠키, 떡 같은 것을 받는 것도 기분 좋지만 연애하던 시절 회사 근처를 오가며 데이트할 때 맛있다고 했던 것들을 기억해서 사 왔다는 게 경주를 위로했다.

지우는 흥이 많고 사람을 좋아했다. 음악을 틀어주면 온 몸을 움직이며 춤을 추고 놀이터에 데려가면 또래 아이들과 어울리고 싶어했다. 경주는 돌이 지난 지우를 위해 화요일과 목요일에 문화센터에 다녔다. 화요일 11시에는 몸을 움직이며 노는 활동을, 목요일 11시에는 여러 가지 교구를 활용해 오감을 자극하는 수업을 선택했다.

경주는 등에 기저귀 가방을 메고 아기 띠로 지우를 안은 다음 버스나 택시를 탔다. 날씨가 좋을 때는 유아차에 태우고 걸어갔다. 상가 건물들이 죽 늘어선 번화가를 지나 문화센터 건물 안으로 들어갈 때면 일주일에 두 번 수업에 가는 게 지우의 놀이나 학습을 위해서인지 자신이 외출하고 싶어서인지 헷갈렸다.

문화센터의 유리문을 열고 들어가면 건물 밖이나 거리에서는 짐작하기 어려운 풍경이 펼쳐졌다. 처음에 경주는 안내 데스크와 평범한 소파 세트 옆에 미니 놀이공원의 모습이 펼쳐지는 게 신기했다. 출입문을 기준으로 오른편에는 동전을 넣으면 불이 켜지며 움직이는 자동차와 음악이 흘러나오는 마차가 여러 대 서 있고 두 돌에서 세 돌 무렵의 아이들이 소리를 지르고 박수를 치며 돌아다녔다.

지우는 문화센터에 가는 걸 좋아했고 수업도 적극적으로 참여했다. 수업이 거듭될수록 경주는 아기 띠를 메고 번화가의 거리를 걷는 것보다 문화센터의 문을 열고 안으로 들어가 소파나 유아차에 누워 있는 아이들과 자동차와 마차 사이를 뛰어다니는 아이들 속에 있는 게 더 마음 편했다. 지우는 수업이 끝난 뒤에도 로비에서 놀며 집에 가지 않겠다고 버텼고 자동차에 올라타서 핸들을 돌리며 발을 구르고 또래의 다른 아이를 보며 소리 내어 웃고 소파 사이를 뛰어다녔다. 경주는 지우가 다칠까봐 따라다니며 지켜보았다. 어떤 장면은 사진을 찍었고 어떤 모습은 동영상으로 남겨두었다. 아이를 보며 빙그레 웃는 동안 자신과 지우가 문화센터를 이루는 풍경의 일부가 되어버렸다는 걸 깨달았다. 그곳에 구경하러 간 사람이 아니라 처음 그곳에 갔을 때 자신이 봤던 그 사람들이 되었다는 걸 인정했다. 그렇게 된 게 씁쓸하다기보다 누구나 다 얼떨떨하고 어색한 상태로 인생의 새로운 구간에 도착하고 낯선 역할을 맡아 수행하는 거라고, 경주는 자신이 달라졌고 자신의 어떤 부분은 돌이킬 수 없다는 걸 받아들이게 되었다.

수업하는 동안 다른 아이들 사이에 앉아 있거나 지우가 혼자 장난감 쪽으로 움직여 경주에게서 멀찍이 떨어질 때 지우는 보호해야 할 대상으로서가 아니라 작지만 독립된 하나의 인간으로 존재했다. 그럴 때면 아이의 옷에 스티커로 붙여놓은 '박지우'라는 이름조차 생소하게 보였다. 역할극하는 선생님을 쳐다보는 지우, 악기를 손에 들고 열심히 흔드는 지우를 보고 있으면 자신이 잘 아는 얼굴과 표정 안에 자신이 끝내 알 수 없고 관여할 수 없는 부분이 자라고 있다는 걸 느꼈다. 그렇게 약간의 거리감 속에서 아이를 볼 때 경주의 마음은 복잡해졌다. 어쩌다 이런 장면을 만나 이런 기분을 느끼게 된 것인지. 자신이 바라보는 지우는 노경주가 이 길에서 저 길로 걸어가고 이쪽 방향으로 꺾은 뒤 도착한 길에서 만나게 된 존재라는 걸 알면서도, 저쪽에서 좀 긴 횡단보도를 건너와 지우의 엄마가 되었고 지우와 같이 여기에 있다는 걸 아는데도 가끔 낯설었다. 뒤를 돌아보면 길 건너편은 아득히 멀지만 걸어온 여정이 경주 안에 고스란히 남아 있었다.

박지우, 라는 이름은 평범하지만 직접 지어보니 평범한 이름도 간단하게 나오지 않았다. 아이의 이름을 짓기 위해 경주와 주원은 미전팀을 여러 번 소집했다. 두 사람의 이름에 공통적으로 들어있는 '주' 자를 넣자는 데까지는 금방 합의했지만 '주'로 시작하거나 끝나는 여러 개의 이름을 후보에 올리는 동안 진전이 없었다. 어떤 이름도 두 사람 모두를 만족시키지 못했다. 이럴 바엔 그냥 외자로 하자는 의견도 나왔지만 막상 성을 붙여보니 박 주나 노 주, 둘 다 어감이 좋지 않았다. 원점으로 돌아가 새로운 글자를 찾기로 했다. '주'를 포기하기는 아쉬운데, 라고 말하다가 경주는 '주'를 천천히 늘여서 부르면 지우가 된다는 걸 발견했다. 두 사람이 '지우'라는 단어에 닿았을 때, 얼마나 환호하고 하이파이브를 하며 뜨겁게 포옹했는지, 그때 지우라는 두 글자가 얼마나 특별했는지 두 사람 외에는 아무도 모른다. '지우'라는 이름은 많지만 두 사람이 찾은 지우는 그 이름들과 완전히 다른 이름이라는 걸, 그것이 한 인간을 맞이하고 이름을 붙여주는 부모의 마음이라는 걸 알게 되었다. 많은 사람들이 그렇게 고유하고 특별한 방식으로 자신의 이름을 갖게 된다는, 당연하게 여기던 것들을 온몸으로 통과하며 새롭게 알게 되었다는 것이 두 사람이 인생에서 획득하게 된 것이었다.

지우가 자라는 동안 바쁘고 잠이 부족한데도 경주는 이따금 외로웠다. 집에서 혼자 아이를 보는 엄마들이 인터넷 맘 카페를 자주 찾는 이유를, 주위 사람과 육아에 대한 고충과 일상을 나누기 어려울수록 카페에 글과 사진을 올리며 의지하는 이유를 알 것 같았다. 맘 카페 회원들은 자신이 어느 동네에 살고 몇 살이고 아이가 몇 개월이라고 밝히며 육아 친구를 찾았고 놀이터나 키즈 카페에서 만나자는 약속을 잡았다. 서로 모르는 사이지만 아이가 낫길 바란다는 짧은 댓글만 남겨도 눈물 흘리는 이모티콘과 하트를 남발하며 고마워했다. 뉴스와 기사 속의 사회문제, 정치적 상황도 중요하고 궁금하지만 아이와 둘이 하루를 보내는 세계에서는 이유식을 안 먹고 낮잠을 거부하는 이유가 더 큰 고민이라 다른 아이들은 어떤지, 그런 것에 대해 묻고 얘기하고 싶은 것이다. 서로를 모르고, 알 수도 없지만 맘 카페 안에는 휴대폰의 자음과 모음을 눌러 육아 친구를 찾는 마음이 떠다녔다. 경주는 가끔씩 접속해 필요한 정보만 얻고 질문이나 댓글은 남기지 않았는데 오고가는 대화를 읽다 보면 무어라 대답하고 싶은 충동을 느꼈다.

대부분의 아이 엄마들은 산후조리원에서 육아 친구를 만들었다. 산모들은 아이를 낳은 뒤 몸을 회복하기 위해 조리원에서 2-3주 정도 지내는데 비슷한 시기에 출산한 산모들은 똑같은 조리원복을 입고 신생아실에서 같이 모유 수유도 하며 육아 관련 수업을 들었다. 육아의 처음을 함께 목격하고 체험한 동지인 데다 출산일이 비슷하고 아이들 생일이 한두 주 차이라 경험과 감정의 공감대가 빨리 형성되어서 나이와 개인 사정을 뛰어넘어 금세 친해졌다.

그런 조리원의 역할에 대해 잘 몰랐던 경주는 단순히 출산 후에는 엄마 옆에 있어야 한다는 생각으로 집 근처가 아닌 친정에서 가까운 조리원을 예약했다. 임신했을 때는 조리원이 본격적인 육아를 하기 전에 몇 주 쉬는 곳이라고만 생각했다. 엄마가 동네에서 제일 좋은 곳이라고 강조한 조리원은 음식과 분위기, 아이를 돌봐주시는 분들 모두 훌륭하고 만족스러웠다. 그때는 조리원의 의미나 조리원 이후에 생활 속에서 펼쳐질 육아에 대해 잘 몰랐기 때문에 혼자 육아를 하며 마주하게 될 사소한 외로움을 짐작하지 못했다.

조리원에서 지내다 집에 돌아온 다음 날부터 주원이 출근하고 나면 지우와 둘만 남았다. 처음 한두 달은 조리원 동기들과 만든 단톡방에 사진도 올리고 소식을 주고받으며 친분을 이어갔지만 거리의 한계를 극복하기 어려웠다. 가깝게 모여 사는 동기들이 오늘은 누구네 집에서 모였어, 언니도 놀러 오면 좋은데, 다들 언니 보고 싶어 해, 하면서 단체 사진을 남기면 외로움에 그리움까지 더해졌다. 그렇다고 아이를 데리고 차로 두 시간 걸

리는 곳에 갈 수도 없고 멀리 있는 사람들을 그리
워하고만 있을 수도 없었다.

경주는 몇 년 동안 듣지 않았던 라디오를 틀어
놓았고 팟캐스트를 찾아 들었다. 예전에는 음악
만 듣는 게 좋았는데 상황이 달라지니 사람의 목
소리, 대화 자체가 그리워졌다. 친한 사람들끼리
농담하고 웃는 걸 들으며 대리만족했다. 지우에게
계속 말을 걸었고, 주원이 늦는 날은 동생에게 저
녁 식사에 일당까지 제공할 테니 퇴근길에 들러서
수다 좀 떨고 가라고 부탁하기도 했다. 아이를 데
리고 자유롭게 외출해도 되는 시기까지는 어떻게
든 혼자 집에서 버텨야 했다.

지우가 백일이 지나면서부터 유아차에 태우고
산책을 다니기 시작했다. 분유병과 물, 기저귀와
물티슈, 아기 띠를 넣은 가방을 메고 아파트 단지
안을 걸어다녔다. 놀이터의 벤치에 앉아 바람을
쐬기도 하고 하루는 아파트 문의 왼쪽 길로, 다음
날은 오른쪽 길로 방향을 틀었다. 유아차 출입이
가능한 프랜차이즈 카페에 들어가 커피와 빵을 주
문해서 먹기도 하고 지우에게 분유를 먹이거나 기

저귀를 갈아주기도 했다. 지우가 자면 카페에 비치된 잡지도 읽고 카페 안의 사람들, 친구를 만나 얘기하거나 일이나 공부를 하는 사람들을 둘러보았다. 그들 사이에 앉아서 경주는 그저 시간이 조금 빨리 흘러가기를 바랐다. 아이가 하루하루 자라나는 시기를 건너뛰고 싶은 것이 아니라 조금만 속력을 내어 이 구간을 지나가고 싶었다.

그 시절의 경주는 필사적으로 움직였다. 마음이 처지고 어떤 회의가 끼어들까봐 최선을 다해 저항했다. 비가 오거나 더위나 추위 때문에 밖에 나가지 못할 때는 집 안에 동요를 크게 틀어놓고 체조를 했다.

다른 사람에게 지우를 맡기는 게 두려워 퇴사를 결심했으면서도, 아이를 돌보는 일상 속에서 버거움이 사랑과 경이의 감정을 좀먹어가는 걸 느꼈다. 주원과 둘이서 보낸 시간이 짧았던 탓인지 결혼 이후의 삶은 출산과 양육이 전부인 것 같았다.

지우는 유아차 산책과 문화센터에 다니던 구간을 지나 어린이집의 시절에 도착했다. 마음의 준비를 하기까지 시간이 오래 걸렸지만 어린이집에 보내기로 결심한 뒤 경주는 공식적인 기관과 육아의 부담을 나누는 일에 적극적으로 뛰어들었다. 세 곳의 어린이집에 대기를 걸어놓았고 자리가 나면 고민하지 않고 보내기로 결심했다. 주변의 선배들은 아이가 어린이집과 유치원에 다니는 유년 시절이 육아의 황금기라고 했다. 본격적인 교육이 시작되기 전의 완충지대 같은 곳.

다행히 아파트에서 가까운 곳에서 연락이 왔고 원장과 면담한 뒤 바로 원서를 썼다. 첫날 지우는 한 시간만 놀았고, 그다음 날에는 점심 때까지, 셋째 날에는 친구들과 둘러앉아 점심도 먹고 넷째 날에 낮잠까지 잔 뒤 하원했다. 다행히 지우는 엄마와 떨어지는 슬픔보다 친구들과 같이 노는 것에 좀 더 마음이 기우는 아이였다. 일주일의 적응 기간이 지난 뒤 9시 30분에서 4시까지 어린이집에서 생활하게 되었다.

지우가 처음으로 어린이집에서 4시까지 지낸 날 주원은 퇴근길에 케이크와 와인, 젤리를 사왔다. 첫 등원을 축하하는 케이크에 초를 꽂고 셋이 노래를 부르면서 경주는 진심으로 박수를 쳤다. 촛불을 끄고 셋이 당근케이크를 나누어 먹을 때 아이의 생일날보다 아이의 성장을 더 실감했다. 영문도 모르면서 고깔모자를 쓴 채 신나게 박수 치고 케이크를 먹는 지우와 케이크에는 손도 대지 않고 와인만 마시는 주원을 보며 함께 어떤 시기를 지나왔다는 감격에 젖었다.

출산과 육아를 지나며 경주는 이전의 시간들이 빛에 많이 노출된 사진처럼 색이 흐릿해졌다는 걸 느꼈다. 경주가 새롭게 간직하게 된 장면들은 지우를 처음 어린이집에 보낸 날, 대기 상태로 근처 놀이터 벤치에 앉아서 보냈던 한 시간 같은 것이다. 몇 년 만에 낮 시간을 온전히 혼자 보내고 4시에 지우를 데리러 가던 오후의 길도 잊을 수 없다. 그것은 풍경으로 이루어진 길이 아니라 걱정과 감격과 미안함 같은 감정으로 만들어진 길이었다. 문 앞에서 기다릴 때 선생님의 손을 잡고 교실에서 걸어 나오던 지우의 얼굴도 스틸컷처럼 선명하게 남았다.

지우가 어린이집에 다닌 뒤로 경주는 더 이상

새벽의 식탁에서 버티다 양동이에 가득 찬 졸음의 세례를 받고 놀라서 깨지 않았다. 지우를 재울 때 같이 자고 일찍 일어났다. 낮에 시간이 생겼기 때문에 앞의 새벽이 아니라 아침과 가까운 새벽 시간을 쓰게 되었다. 처음에는 잠이 덜 깬 상태로 식탁에 멍하게 앉아 있다가 아침이 되었지만 점차 정신을 차리는 시간이 빨라졌다. 어릴 때 집에서 제일 먼저 일어나는 사람이 엄마였다는 것, 잠에서 깨 방 밖으로 나오면 왜 엄마가 늘 식탁이나 소파에 앉아 있었는지 그 이유를 알 것 같았다.

성격이 무난한 편인 지우는 어린이집에 가서 친구들과 어울리는 걸 즐거워했다. 지우가 어린이집에 잘 다니니 일을 시작해보고 싶은 마음이 생겼다. 구립 어린이집에는 늦게 하원하는 아이들이 여러 명이었고 지우와 친한 친구 둘이 7시까지 통합반에서 지냈다. 환경과 상황이 경주의 구직 의욕을 상승시켰다. 경주가 미래전략기획팀을 소집해서 이제 진짜 일할 거라고 선언하자 주원이 와인을 따며 우리 부자 되겠네, 하며 웃었다. 경주는 장난치지 말라고 했지만 돈을 좀 모아보자는 욕심도 생겼다.

재취업을 결심한 뒤 처음에는 지우를 등원시키고 와서 식탁에 앉아 취업 사이트를 둘러봤다. 괜찮은 회사를 발견하면 예전에 만들었던 이력서를 클릭해 희망 연봉만 약간 낮추는 정도로 수정해서 보냈다. 그걸 고치는 것도 쉽지 않았다. 아이를 낳기 전에 받던 연봉이 대단했던 건 아니지만 그 연봉에 도달하기까지 여러 회사를 거쳤고 오랜 시간이 걸렸다. 그걸 없던 일로 치는 게 힘들었다. 뭔가를 만들고 쌓는 것만 어려운 게 아니라 이미 쌓아놓은 걸 흩어버리는 것도 쉽지 않았다.

집에 있으니 어영부영 흘려보내는 시간이 많아서 환경을 좀 바꿔보기로 했다. 혼자 쓸 수 있는 시간이 확보되니 공간에 대한 열망이 생기기도 했다. 경주는 집 근처에 있는 몇 군데의 카페를 돌아다니다 오픈한 지 얼마 안 된 제이니를 발견했다. 카페 제이니 자리는 석 달 전에 반찬 가게였고 1년 전에는 보세 옷집이었다. 옷집일 때도, 반찬 가게일 때도 그녀는 가끔씩 들렀고 레깅스나 편한 원

피스, 밑반찬 몇 가지를 샀다. 카페로 바뀐다는 공지와 함께 내부 수리를 할 때는 아쉬움보다 궁금증이 생겼지만 직접 가보는 건 처음이었다.

회사에 다닐 때는 카페에서 커피를 마시는 것도 업무의 한 부분이었다. 사람을 만날 때도, 잠깐 머리를 식히거나 쉴 때도, 밥을 먹은 뒤에도 카페에 가서 커피를 주문했다. 오전에는 따뜻한 아메리카노를 마시고 오후에는 아이스아메리카노를 마셨다. 가끔은 샷을 추가했고 어떤 날은 세 잔 이상의 커피를 마셨다. 커피값을 아끼거나 아깝다고 생각해본 적은 없었다. 일하면서 볼펜값이나 종잇값을 의식하지 않는 것과 비슷했다.

그녀의 인생에서 카페는 언제나 중요한 공간이었다. 시험공부도 취업 준비도 학교 근처의 카페에서 했고 일할 때도 중요한 아이디어는 사무실이 아니라 카페에서 얻었다. 카페는 시간을 보내는 물리적 공간이면서 정서에 많은 영향을 주었다.

일을 그만둔 뒤에는 카페에 갈 일이 별로 없었다. 지우를 낳은 뒤에는 집에서 커피머신으로 내린 커피를 마시거나 믹스를 타 마시면 그만이었다. 그 돈으로 아이 옷과 장난감을 사는 데 보태는 편이었다. 자신의 것을 양보하고 희생한다기보다는 소비에 대한 개념이 달라졌다. 아이를 낳아서 그렇기도 하고 아이를 낳으면서 일을 그만두어서 그렇기도 했다.

경주에게는 커피 자체보다 분리된 공간이 더 절실했다. 집에서 경주의 공간은 대체로 지우의 옆자리였다. 지우가 집에 와서 거실 바닥에 앉아 인형이나 블록을 갖고 놀면 옆에 같이 있거나 소파에 앉아 지켜보았다. 거실과 주방을 오가며 빨래를 개고 설거지, 저녁 준비를 했다. 지우가 잠들면 식탁으로 나왔지만 거실 바닥과 소파에는 미처 정리하지 못한 장난감이 남아 있었다. 집의 모든 공간에 지우를 위한, 지우가 쓰는 물건이 놓여 있고 경주의 물건은 침실 한쪽과 컴퓨터가 있는 서재에 흩어져 있었다. 30대 초반에 독립해 혼자 원룸에서 살다가 결혼하면서 룸메이트들과 북적거리며 지내려니 독립된 공간에 대한 향수 같은 게 생겼다.

카페 제이니는 그런 경주의 필요를 채워주었다. 아파트 상가에서 주택가 쪽으로 걷다가 골목 모퉁이를 돌면 카페 제이니의 간판이 보였다. 간판의 조명과 유리창 밖으로 흘러나오는 실내의 불빛 덕분에 카페 제이니는 등대처럼 보였다. 공간이 좁지만 어두운 그린색의 페인트로 벽을 칠하고 출입문 왼쪽 벽에 화분과 나무를 세워두어서 전체적으로 초록의 느낌이 강하고 답답하지 않았다. 짙은 고동색의 티 테이블과 의자는 앤틱하고 검은색의 선반과 검은 테두리의 액자들은 모던한 분위기를 자아냈다. 카운터 옆에 놓인 라탄 화병과 바구니도 아기자기했다. 제이니의 테이블에 앉아 카페 안을 둘러보고 있으면 다른 공간에 와 있다는 느낌이 확실해졌다. 안목도 좋지만 공을 많이 들였다는 인상을 주는 곳이었다.

카페에 온 첫날 경주는 이력서를 재정비했다. 예전에 쓰던 이력서를 화면에 띄워놓고 경력부터 새로 입력했다. 졸업 후 20대부터 40대까지 밥벌이의 변천과 회사의 이동이 한눈에 보였다. 그걸 훑어보며 그녀는 감상에 젖은 상태로 커피 한 잔을 다 마셨다. 그것은 이쪽 길로 건너오기 전 삶의 이력이자 풍경이었다. 굵직한 것만 남겨두고 자잘

한 이직의 역사를 지웠다. 연봉은 회사 내규에 따름, 으로 수정했다. 이력의 마지막에 해당하는 회사의 퇴사일로부터 4년이 지났다. 그녀는 경력으로 쓸 수 없는 4년의 시간을 머릿속으로 넘겨보았다. 아이를 낳고 키운 4년은 유아 수첩에 키와 몸무게, 예방접종의 기록으로 남아 있었다. 지우와 관련된 것들은 모두가 성장이라고 하는데 경주에게 그 4년은 멈춤이거나 노화였다.

이력서를 수정한 뒤에는 자기소개서도 고쳤다. 다른 사람의 자기소개서를 읽고 뻔하다거나 별로라고 판단하던 시절은 지나갔다. 경주는 요즘 자기소개서의 트렌드를 파악하기 위해 사람들이 블로그에 올려놓은 샘플도 읽어보았다. 그녀는 오랜만에 자신에 대해, 자신이 해왔던 일과 잘하는 것과 열정과 포부에 대해 생각했고 그것을 문장으로 옮기며 썼다 지우기를 반복했다. 그냥 빈칸을 채우는 게 아니라 누군가에게 같이 일하고 싶은 사람이라는 인상을 줘야 한다는 게 어려웠다. 인쇄디자인이 사라지는 시대에 자신의 경력이 어떤 사람들을 설득할 수 있을지, 젊은 신입을 선호하는 시대에 마흔한 살의 아기 엄마가 설 곳이 있을지 알 수 없었다. 업무 공백을 메울 수 있을 정도의 경력자라는 걸 보여주면서 같이 일하기 버거운 사람이 아니라는 겸손함까지 담아야 했다. 재취업 준비는 지우고 고치는 일의 반복이었다.

제이니의 테이블에 앉아 이력서와 자기소개서를 고치는 동안 경주는 아르바이트하며 취업 준비를 하던 20대의 심정에 가닿았다. 그때 도서관과 카페에서 책에 밑줄을 치고 시사 상식을 외우다가 고개를 들면 창밖으로 꽃잎이 떨어지고 있었다. 꽃이 피는 것도 못 봤는데 어느 날 밖을 내다보면 나무가 초록으로 무성해져 있고 어느 순간에는 잎이 전부 노랗고 붉게 변해 있었다. 아이를 낳기 전까지 15년을 샐러리맨으로 살았는데 그건 아득히 멀게 느껴지고 20대 중반에 취준생으로 지내던 몇 계절의 막막함만 되살아났다. 다 잊었다고 생각했는데 그때 테이블에 펼쳐놓았던 노트와 커피 잔, 볼펜을 딸깍거리던 감각이 선명히 떠올랐다. 고개를 조금만 옆으로 돌렸을 뿐인데 곧바로 20대 중반에 가닿으니 시간의 흐름이 앞으로 나아가는 직선이 아니라 생애를 지름으로 순환하는 구의 형태처럼 느껴졌다.

이력서를 보낸 뒤에는 온라인 홍보와 마케팅, SNS 시대의 홍보 전략에 관한 책들을 읽고 관련 강의를 찾아보았다. 제이니에 출근한 뒤 두 달은 그렇게 지나갔다.

잠들기 전에 경주는 가끔 다시 일을 하게 된다면, 하고 가정해보았다. 가정법은 그녀가 일생에 걸쳐 가장 자주 하는 공상이자 놀이였다. 그녀의 가정은 내가 만약 ～하게 된다면 ～할 텐데, 처럼 과거에 대한 것이 아니라 가까운 미래와 상관이 있었다. 지난 일을 후회하거나 과거의 선택을 바꾸는 것으로 현재가 달라지기를 바라는 가정법은 쓰고 싶지 않았다. 앞으로 만나게 될 일이 이렇게 된다면, 그것이 이루어진다면 이렇게 하고 싶다는 가정을 자주 했다. 그 상상에 잠겨 있는 동안 머릿속으로 달콤함이 번지고 몸이 가볍게 떠오르는 것 같았다. 가정법 속에서 미래에 대한 기대로 현실의 황폐함을 잠시 잊을 수 있었다. 노력해서 그런 가정법을 갖게 된 게 아니라 뒤를 돌아보며 불행

해지고 싶지 않아서 선택한 것이었다.

10대 때는 그게 대학생이 되면, 이었고 연애를 하게 되면, 이었다가 대학 졸업 후에는 취직을 하면, 그 회사로 옮기면, 연봉이 오르면, 독립을 하면 으로 바뀌어갔다. 그녀의 가정법은 삶 속에서 대체로 이루어졌다. 최상의 모습으로 실현된 건 아니지만 그녀를 완전히 외면하지도 않았다. 추가합격이긴 하지만, 추가 합격이라 더 극적인 상태로 대학생이 되었고, 입학 한 달 만에 대학 생활이 자신의 기대와 많이 다르다는 것을 알게 되었다. 그녀는 실망감 속에서 곧바로 다음 단계의 가정을 향해 나아갔다. 연애를 하게 된다면, 그럴 가능성이 커 보이진 않지만 연애를 하게 된다면 애인과 이런저런 일을 함께 하고 싶다는 꿈을 키웠다.

경주가 ~하게 된다면, 이라고 가정한 것들은 이루어지지 않음으로 배신한 것이 아니라 막상 그렇게 되고 보니 별 볼 일 없다는 걸 깨닫는 방식으로 그녀를 실망시켰다. 대학 시절의 연애, 첫 회사 생활은 그녀가 드라마나 영화에서 보고 머릿속으로 그리던 것과 달랐다. 그녀가 실제로 만난 현실은 대체로 볼품없었지만 늘 그렇거나 완전히 그런 것만은 아니었다. 가끔 공상을 멈추거나 기대를 거두고 싶은 순간에 예상하지 못한 비밀이나 놀라운 장면을 숨겨두었다가 완전히 절망하려는 순간에 내밀기도 했다. 그 예외성이 삶 속에서 가정법이 사라지지 않고 지속되도록 도와주었다.

재취업에 성공하게 된다면…… 집에서 빨래를 널고 개다가, 카페 제이니의 테이블에 앉은 채로 경주는 문득 가정법 속으로 빠져들어 갔다. 다시 회사에 다니게 되면 자기 이름으로 된 정기적금 통장을 만들고 빨래 건조기를 들이고 매일 쓰는 핸드워시를 바꾸고 싶었다. 그녀가 원하는 것은 어느 쪽이든 풍요로운 상태가 되는 것이었다. 인생을 돌아보면 무언가 넘친 적이 없고 삶은 대체로 아이스크림이 반 정도 담긴 그릇 같았다.

점심시간이 되자 카페에 손님들이 늘었다. 매장이 좁고 테이크아웃 할인이 돼서 손님들 대부분은 음료를 테이크아웃했다. 청바지에 얇은 니트를 입은 카페 주인이 주문을 받고 커피머신 옆에서 원두를 갈았다. 경주는 마음속으로 카페 주인에게 미스 제이니라는 애칭을 붙여주었다. 미스 제이니는 혼자 커피도 내리고 과일 주스와 샌드위치도 만들었다. 주문이 한꺼번에 몰려도 당황하지 않고 차분하게 소화해냈다. 경주는 그걸 보며 속으로 감탄했다.

점심시간이 지나면 손님과 주문이 뜸해지며 카페에 미스 제이니와 경주만 남는 일이 많았다. 주문이 없을 때 미스 제이니는 커피머신 옆의 의자에 앉아 책을 읽거나 뜨개질을 했다. 경주가 고개를 들면 미스 제이니가 읽는 책의 표지와 그 옆에 놓인 실뭉치의 색깔까지 다 보였다. 경주는 손님들이 밀물처럼 빠져나간 뒤 각자의 일에 조용히 몰두하는 제이니의 오후를 좋아했다. 하려는 일에는 별다른 진척이 없지만 햇빛이 내려앉는 창가에서 음악을 들으며 커피를 마시고 있으면 살아 있어서 괜찮다는 기분이 들었다.

제이니의 주인이 남자였다면 경주는 단골이 되지 않았을 것이다. 회사에 다닐 때는 팀원 중에도 남자가 많았고 홍보물을 의뢰하는 거래처 남자들과도 자주 미팅을 했다. 제품 팸플릿이나 회사 브로슈어, 행사 전단지를 만들려면 회의를 여러 번 해야 했고 연락을 주고 받는 일도 많았다. 새로운 사람들을 만날 기회도 많았는데 경주는 타인과 자신 사이에 칸막이를 잘 세웠고 거리감도 수월하게 유지하는 편이었다. 노경주 팀장이었을 때는 감정이 흘러 나가거나 스며드는 걸 적절히 차단할 줄 알았다.

하지만 임신한 뒤로 그녀의 감정은 마시멜로 같은 상태가 되었다. 다정하게 대해주는 사람들에게 쉽게 마음이 열렸고 감정이나 마음을 허심탄회하게 털어놓을 수 있는 순간을 만나면 금세 흐물거리며 녹아내렸다.

임신을 확인하고 병원에 다니는 동안 경주는 자기 또래의 담당 여의사와 언니 뻘의 간호사에게 깊은 친밀감을 느꼈다. 퇴근한 뒤나 토요일 오전에 병원에서 간호사와 마주 앉아 혈압을 재고 몸무게를 체크하며 짧게 이야기 나누는 순간이 좋았다. 혈압은 정상이에요. 배가 나오기 시작하네요. 요즘 날씨가 걷기 좋죠. 일상적인 얘기가 오갈 뿐인데도 그 대화 속에서 마음이 편해졌다. 진료실에서 의사와 마주 앉아 잘 지내셨어요? 라는 의례적인 인사를 주고받는 것도 좋았다. 진료 결과와 앞으로 일어날 변화에 대해 듣고 임신의 고충을 털어놓는 것도 초기 임신 기간을 지나는 데 큰 도움이 되었다. 의사가 건강 문제로 병원을 쉬게 되면서 담당 의사가 바뀐다는 얘기를 들었을 때 속상해서 병원을 옮기고 싶을 정도였다.

회사에 다니며 다른 병원을 알아볼 시간이 없어서 미적거리다 다음 검진 일이 되었다. 정기검진을 받은 뒤 경주는 새로운 담당이 된 나이 지긋한 남자 의사에게 계속 진료받기로 결정했다. 임신은 20주 차에 접어들었고 걱정과 달리 환자를 돌본 경험이 많은 의사는 노산의 경주가 갖는 두려움이 뭔지 잘 파악한 뒤 다독여주었다. 어떤 표정으로 얘기를 듣고 어떤 말로 안심시키고 언제 웃고 웃지 말아야 하는지 잘 아는 사람이었다. 예전의 여의사와는 임신 상태에 대한 얘기를 허심탄회하게 나누는 게 편하고 좋았다면 새로운 담당 의와는 서로 목소리를 내어 대화한다는 것 자체가 즐거웠다. 그저 인사를 나누고 한 달 동안 먹은 음식, 몸의 상태, 생활 패턴, 감정과 관계, 궁금한 것에 대해 말하고 대답하는 것만으로도 마음이 편해졌다.

새로운 의사와 첫 진료 뒤 회사에서 갑자기 배에 통증이 느껴져서 전화로 상담한 뒤 바로 병원에 갔다. 통증은 차츰 진정되었지만 경주는 유산에 대한 걱정으로 지친 상태였다. 아침부터 분만과 수술이 이어져 점심은 먹지 못했다는 의사도 약간 지쳐 보였다. 경주가 배의 통증과 느낌에 대해 두서없이 얘기하는 동안 의사의 표정이 부드러워졌다. 걱정이 많았겠어요, 괜찮은지 한번 볼까요, 하고는 초음파로 배 속의 상태를 살펴보았다.

—문제없어요. 아이가 자라니까 자궁도 커지느라 아팠던 거예요.

의사가 경주를 보며 씩 웃었다. 검은 초음파 화면 안에서 아이의 다리와 팔이 천천히 움직였다. 경주는 다행이네요, 라고 말했다고 생각했는데 계속 감사합니다, 라고 중얼거리고 있었다.

의사가 했던 문제없어요, 라는 말은 이후의 진료에서도 여러 번 들을 수 있었다. 경주가 노산이라고 걱정할 때도, 당뇨 검사나 양수 검사를 받아야 할 때도 의사는 차분한 목소리로 문제없어요, 하고는 부드럽게 웃었다. 그런 순간마다 경주는 의사의 양쪽 눈꼬리에 생기는 여러 개의 주름을 보았고 거기에서 위안을 얻었다. 가끔은 그와 마주 앉아 좀 더 이야기를 나누고 싶다는 충동까지 느꼈다. 병원에 다니며 그런 느낌을 받은 건 처음이었다. 개인적 친분이나 호의 없이 혈압과 몸무게와 피검사 결과에 대해 얘기하고 초음파 화면을 보고 이따금 궁금한 것에 대해 묻고 근황을 나눌 뿐인데 그 안에서 예상하지 못한 즐거움을 느꼈다. 그가 신경정신과 의사가 아니라 산부인과 의사라는 점이 유감스러울 정도였다. 일어나 진료실 문을 열고 나올 때면 이대로 환자의 의자에 앉아 그녀가 거쳐온 시간과 도착하게 될 미지의 시간에 대해 오래 이야기 나누고 싶었다.

경주는 자신의 마음이 누구에게 열리고 감정이 어디로 흘러가는지 알 수 없고 통제할 수도 없었다. 회사 생활을 하며 맺어온 관계와 전혀 다른 차원의 문이 열린 것 같았다. 다른 사람들도 임신 기간을 지나며 이런 감정의 상태에 빠지는지 궁금했다. 그동안 자신과 열 살 넘게 차이 나는 남자와 단둘이 대화를 나눠본 일도 없고 편한 대화가 가능하리라고 생각한 적도 없었다. 아빠나 친척, 스승이나 상사와 했던 말들은 사무적이고 단답 형식이었다. 담당 의사라서 그런 거겠지만, 그래서 더욱 임신과 출산 아닌 일상에 대해 이야기한다면 어떨까 궁금해졌다. 병원 밖에서 의사와 환자가 아닌 다른 관계로 만나고 싶은 것이 아니라 이렇게 거리감이 적당한 상태에서 더 많은 대화를 나누고 싶었다. 그에게 상담받을 수만 있다면 돈과 시간을 얼마든지 지불할 수 있을 것 같았다.

다음 진료일을 기다리면서도 경주는 의사에게 빠지는 자신이 두려웠다. 생활 속에서 어떤 감정이 생길 때 의사에게 하고 싶은 말을 고르고 그와 나누었던 짤막한 대화를 떠올리며 흐뭇해할 때 겁이 났다. 바람에 흔들리는 나뭇잎들을 보고 있으면 기분이 좋아요. 요즘은 창가에 앉아 그걸 한참 쳐다봐요. 가지에 달린 여러 개의 초록색 잎사귀들이 제각각 흔들리는 걸 볼 때도 살아 있다는 게 느껴져요. 그게 이상하게 슬퍼요. 속으로 그런 말들을 만들었다가 그대로 삼키기를 반복했다. 결혼했는데 다른 사람에게 관심이 생겼다는 것과 임신 이후의 과정에서 자신이 달라지는 것 같은데 그 변화의 범위와 분야를 가늠할 수 없다는 게 당황스러웠다. 그동안 나이 많은 사람에게 끌린 적도 없고 의사에게 친밀함을 느꼈던 적도 없는데, 왜 진료실을 중심으로 호감이 번져 나갔는지. 자신이 알 수 없는 존재가 되어가고 스스로 통제할 수 없다는 게 혼란스러웠다. 주원에게 들킬까봐 걱정되기도 했고 어쩌면 주원에게도 이미 그런 사람이 있을지도 모른다는 생각에 울적해졌다.

산전 검사를 앞두고 의사가 요즘 기분이 어떠냐고 물었을 때 경주는 마음속에 떠다니는 많은 말들 중에서 남편에게 다른 여자가 생긴 건 아닌지, 그게 심각한 외도는 아니라고 해도 그의 마음이 다른 곳에 쏠릴까봐 걱정이 된다는 얘기를 꺼냈다. 가벼운 어조로 털어놓았지만 의사가 이 감정의 타래들을 알아봐주고 하나씩 풀어주거나 싹둑 잘라주기를 바랐다. 의사는 평소와 같은 어조로 그런 걱정하는 분들 많아요, 라고 했다.

　─임신 기간이 아니어도 그런 걱정 때문에 잠이 안 올 때가 있잖아요.

　의사는 목소리를 낮춰 말한 뒤 가만히 미소지었다. 그 미소가 너무 부드럽고 인자해서 경주는 슬퍼졌다. 눈물이 나려는 걸 겨우 참으며 따라 웃었다. 아무 일도 없는데 울고 싶은 마음에 대해 설명하기가 어려웠다.

　─맞아요. 그럴 때 있죠.

　─잘 지나갈 거예요.

　의사는 인생에 대해서는 좀 알지만 임신한 상태에 대해서는 잘 모르고 경주는 인생과 임신 모두 알아가는 중이었다.

　의사는 누구나 그럴 수 있고 아주 보편적인 걱정이라고, 경주의 경우는 임신으로 인해 가벼운 우울감과 불안감이 생긴 것 같다고 했다. 출산 뒤에는 분명히 나아질 거라며 좀 더 심해지면 얘기해달라고 덧붙였다. 경주는 당신 때문에 이런 마음이 생긴 거라고 말하고 싶었지만 조용히 고개를 끄덕거렸다. 그 순간 그의 얼굴에 다시 인자한 미

소가 번졌다. 그 표정을 보자 경주는 울고 싶으면
서도 마음이 편안해졌다. 아마 그에게는 경주 같
은 환자가 많았을 것이고, 대부분의 환자들이 그
를 신뢰하며 친밀감을 느끼고 그의 다정함에 흔
들리다가 결국에는 안정감을 찾았을 것이다. 많은
사람들이 그라는 킥판에 의지해 인생의 한 시기를
지난 뒤 아이를 낳고 일상으로 복귀했을 거라고
생각하자 죄책감이 옅어졌다.

　다음 산전 검사를 하러 갔을 때 간호사가 그 의
사의 소식을 전해주었다. 다른 도시에 개원을 하
게 되어 진료를 계속 할 수 없게 되었다는 것이었
다. 의사는 직접 인사를 드리지 못해 죄송하고 순
산을 기원한다는 메시지가 담긴 카드만 남겼다.
경주는 배가 딱딱하게 뭉칠 정도로 충격을 받았지
만 간호사에게 담당 의사가 너무 자주 바뀌는 것
같다는 말만 했다. 간호사는 죄송하다고 고개를
숙이며 새로운 여자 선생님이 오셔서 진료와 출산
을 이어가실 거라고 안내해주었다.

　경주가 검색을 통해 알아낸 병원 홈페이지의 의
료진 소개란에는 원장이라는 직함 옆에 그 의사의

이름이 적혀 있었다. 프로필 사진은 그녀가 몇 달 동안 봤던 얼굴보다 더 젊은 시절에 찍은 것이었다. 당장이라도 가보고 싶은 마음으로 위치를 검색했던 건데 사진 속의 주름 없는 얼굴을 보고 있자니 마음이 차분하게 가라앉았다. 간호사가 전해준 메시지를 들었을 때는 눈물이 날 것 같았는데 개원한 진료실의 전경과 새하얀 가운을 입은 모습을 보니 그 의사가 새로운 곳으로 떠났다는 게 실감 났고 아주 먼 곳에 있는 사람처럼 느껴졌다. 한때 이곳에서 같이 시간을 보내고 마주 앉아 얘기한 적도 있지만 이제는 다른 시공간으로 가버린 것 같았다. 그렇게 정리하고 나자 그가 일하는 병원으로 찾아가지 않으리라는 확신이 생겼다. 경주는 홈페이지를 닫으며 안도했고 그 뒤로 의사의 이름을 검색해보지 않았다.

새로운 여자 선생님이 온 뒤 경주는 마지막 산전 검사를 받았고 휴직계를 냈다. 동료들은 순산을 기원한다며 회의실에 모여 파티를 준비했다. 케이크 위에 세 개의 초를 꽂아놓고 박수를 치며 '순산 기원합니다' 노래를 부른 뒤 신생아용 내복

과 가제 수건을 건넸다. 경주는 고맙다는 인사와
함께 환하게 웃었다. 10년 동안 다닌 회사라 그만
두거나 쉬게 되어 동료와 후배들의 환송을 받으면
눈물이 날 줄 알았는데 막상 그 상황이 되자 의외
로 덤덤했다. 나누어 먹은 케이크와 접시를 다 치
우고 동료들이 자리로 돌아간 뒤 텅 빈 회의실을
둘러봤을 때 조금 울컥해졌다. 언제 다시 올 수 있
을지, 그때는 이 공간이 어떻게 변하고 어떤 느낌
으로 다가올지 궁금했다. 그 시간이 오기는 할까,
반문하면서도 결국 돌아와서 다시 회의실의 의자
에 앉게 되리라는 걸 의심하지 않았다. 그래서 눈
물을 미루었던 건지도 모르겠다.

　새로 온 여의사는 군더더기 없는 목소리로 노산
이라는 단어를 발음했다. 냉철하지만 판단이 빠르
고 정확해서 믿음이 가는 타입이었다. 분만의 순
간을 이 의사와 함께할 수 있어서 다행이라고 생
각했던 지점을 여러 번 지났다. 진료실에 들어설
때마다 경주는 마음의 둑이 조금 무너지는 것 같
았지만 무사히, 건강하게 지우를 만날 수 있었다.

　아이를 낳은 뒤에도 경주의 감정 체계는 예전으

로 돌아가지 않았다. 혼자이던 때의 삶과 지우가 생긴 뒤의 삶 사이에 긴 시간이 흐르지 않았는데도 경주는 달라졌다. 경주라는 방의 가구 배치가 바뀌었고 이전으로 돌릴 수 없게 된 것 같았다. 그 방 창문으로 이따금 예상하지 못한 바람이 불어왔다.

그래서 경주는 카페 제이니의 주인이 남자고 그가 매일 오전 11시 반마다 어떤 커피를 마실 거냐고 상냥하게 묻고 카페에 종종 둘만 남게 된다면, 단골이 되기 힘들 것 같았다. 미스 제이니가 운영하는 카페 제이니에서 경주는 편안했고 정오 무렵부터 오후 4시까지 머물며 구직 활동과 혼자 시간을 보내는 데 집중할 수 있었다.

미스 제이니는 경주보다 서너 살 정도 어려 보이는데 정확한 나이는 알 수 없었다. 경주는 미스 제이니가 입는 옷의 스타일이 마음에 들었고 그런 취향이 고스란히 반영된 카페 제이니의 분위기도 좋았다. 테이블은 여섯 개뿐이지만 화장실이 내부에 있는 것도, 세면대에 비치된 핸드워시도 마음에 들었다. 시트러스와 깊은 나무 향이 섞인 핸드워시는 경주가 결혼 전에 원룸에서 쓰던 것이었다. 독립한 뒤 돈 쓰는 재미에 푹 빠진 데다 향기에 집착하던 시기라 몇 년 동안 에센스값에 육박하는 핸드워시를 구입했다. 혼자 사는 사람이 부릴 수 있는 사치였다. 퇴근하고 돌아와 진한 나무 향이 나는 핸드워시로 손을 씻고 같은 향의 핸드밤을 바르고 나면 휴식의 문고리를 돌릴 기운이 생겼다.

결혼 뒤에는 대중적인 가격과 향의 핸드워시를 썼고 지우를 낳은 뒤로는 항균에 신경 썼다. 제이니의 화장실에서 익숙한 향과 함께 패키지를 발견했을 때 한때 친했다가 연락이 끊긴 친구와 재회한 기분이었다. 손을 씻을 때마다 거품이 묻은 손을 코에 대고 나무 향을 깊이 들이마셨다. 그건 독신의 기억을 불러오는 냄새였다. 가끔은 이 핸드워시 때문에 제이니에 오는 게 아닐까 싶었다.

경주는 뜨거운 커피와 함께하는 정오 무렵의 음악에도 감정이 자주 출렁거렸다. 막연히 듣고 싶다고 생각했지만 존재하는지도 몰랐던 음악이 제이니의 스피커에서 흘러나왔다. 그것이 미스 제이니가 직접 만든 리스트인지 음원 사이트의 추천

곡들인지 모르겠지만 들을 때마다 감탄했다. 커피를 마시고 음악을 들으며 경주는 오랜만에 어른의 시간을 보냈다. 지우가 조금 크니 어른의 것, 어른으로서 다른 어른들과 나누던 것들이 그리워졌다. 맵고 향신료가 많이 들어간 음식과 그녀를 취하게 만들던 기호품들, 혀 짧은 발음과 의성어 의태어로 이루어진 대화가 아니라 추상과 감정을 적확하게 짚어내는 단어를 사용하는 문장으로 대화하는 시간들. 기타 선율에 맞춰 나지막이 외로움을 읊조리는 노래, 허스키한 목소리로 인생의 허무나 부조리에 대해 말하는 노래까지. 그래서 어른의 것을 만나면 설렘 속에 숨을 깊이 들이마셨다. 경주는 제이니의 테이블에 앉아 온몸으로 음악을 흡수했다. 구직에 성공하면 이곳에서 보냈던 시간을 그리워하게 되리라는 걸 알았다.

　이력서를 발송하고 나니 커피 잔이 비었다. 경주는 노트북을 덮은 뒤 『SNS시대의 홍보 전략』이라는 책을 펼쳤다. 아직 고전적인 방식으로 회사를 홍보하며 브로슈어를 제작하고 홈페이지를 만드는 곳도 있지만 대부분의 업체들은 소셜 미디어를 활용해 기업과 제품을 홍보했다. 구매자일 때는 경주도 SNS를 통해 새로운 제품을 만나고 호기심이 생겨 주문했다. 소비자 입장에서 매력적인 회사 제품을 찾는 건 쉽지만 생산자 입장에서 홍보를 위해 회사나 제품의 특징을 활용해 좋은 이미지와 호감을 만들어내는 건 어려웠다. 접근성을 높이면서 독창성을 드러내 구매로 이어지게 하는 것, 구매자일 때 끌리는 제품과 생산자로 접근하는 방식 사이의 연결 통로를 찾는 게 중요했다. 머리로는 알지만 아이를 낳고 키우는 몇 년 동안 직접 업무를 하며 방법과 방향성을 따라 익힐 기회를 놓쳤다는 게 아쉬웠다.

퇴근하자마자 갈게.♡

책의 내용이 머릿속에 잘 들어오지 않아 답답할 때 J의 메시지가 도착했다.

경주는 마침표 뒤에 찍힌 하트를 보며 빙긋 웃었다. 2주 전부터 오늘만 기다렸다. 저녁에 J를 만난다는 기대감에 지우의 하원까지 두 시간밖에 남지 않았다는 사실도 잠시 잊었다. J가 오면 저녁밥을 하지 않아도 되고 지우가 깨어 있는 시간에 합법적으로 맥주를 마실 수 있고 어른의 농담을 나누며 웃을 수 있다.

여동생과 대학 친구 J는 각각 한 달에 한 번 정도 집에 놀러 와서 그녀를 저녁 육아에서 구원해주었다. 주원이 야근하거나 저녁에 약속 있는 날을 미리 알려주면 여동생과 J에게 전했고 두 사람은 스케줄을 살펴본 뒤 방문 날짜를 정했다. 동생도 고맙지만 J가 정기적인 방문자가 될 거라고 생각해본 적이 없다. J는 이따금 만나던 대학 동기들 중 한 명이었고 절친한 사이도 아니었다. 지우가 돌 때쯤 집에 놀러온 걸 계기로 급격하게 가까워졌다.

퇴근 후 집에 놀러 오면 J는 소파 테이블 아래 다리를 뻗고 앉아 치킨이나 족발을 먹으며 얘기 보따리를 풀었다. 그 안에서 J가 일하는 우체국 얘기와 경주가 자주 만나지 못하는 동기들의 근황이 나왔다. 경주는 J가 전해주는 바깥세상의 일을 흥미진진하게 들었다. J의 얘기를 듣다 보면 어딘가에 무언가를 보내려는 사람들만 우체국에 오는 게 아니라 어딘가에 도달하지 못한 사람들도 와서 서성이다 가는 듯했다.

아이를 낳은 뒤에는 밖에 나가 사람을 만나는 게 쉽지 않았다. 하루 대부분을 지우와 집에 매여 있지만 특히 저녁 시간의 약속은 더 잡기 어려웠다. 경주가 외출 가능한 시간과 친구들의 퇴근 시간이 맞지 않다 보니 누군가를 만나려면 집으로 부르는 게 편했다. 만남의 장소와 방식이 바뀌면서 만날 수 있는 사람들의 수가 줄어들었다. 그럼 네가 나올 수 있을 때 시간 맞춰 보자. 우리 회사 근처 올 일 있으면 연락줘. 친구들과 주고 받은 메시지는 이런 식으로 끝나는 경우가 많았다. 처음에는 자전이나 공전의 방향이 바뀐 것처럼 어리둥절했지만 경주는 점차 낮의 카페, 낮의 집, 낮의 거리에 적응해나갔다. 그에 비례해서 저녁과 밤에 시내를 걷는 기분이 어땠는지 차츰 잊어버렸다. 그래도 어른의 음식과 어른의 수다와 교감과 농담으로 충만한 시간이 필요하다는 사실은 변하지 않았다.

J는 집으로 놀러 오는 것에 거부감이 없고 지우도 예뻐했다. 같이 보낸 시간이 쌓이고 나눈 이야기가 늘어나면서 경주는 J를 절친으로 생각하기

시작했고 J에게 많은 얘기를 털어놓게 되었다. 헤어지면서 다음 달에 또 놀러 올게, 언제 보자, 라고 날을 정하거나 J가 언제 가겠다고 메시지를 보내면 보름 남았네, 다음 주구나, 날짜를 세며 기다렸다. J를 만나면서 가까워진다는 것과 관계를 계속 이어간다는 것, 끝까지 남는 친구에 대해 생각하게 되었다.

얼마 전까지 경주에게는 진짜 친구라고 할 만한 사람들이 따로 있었다. 고3 때 같은 반이었던 네 명의 여자 친구들. 경주까지 다섯 명은 고등학생 때도 붙어 다녔지만 대학을 졸업하고 회사 생활을 하게 된 뒤에도 각별한 우정을 이어갔다. 생일 때마다 모이고 개인적인 위로나 축하의 순간까지 함께하다 보니 한 달에 두세 번씩 만나게 되었다. 중학교 동창이나 대학 동기들 모임도 있었지만 그 친구들과 제일 가깝고 돈독하게 지냈다.

30대가 되면서 다섯 명의 비혼 여성들은 더 자주 만났다. 30대 초중반을 지나 경주가 결혼하기 전까지 주말의 하루를 온전히 같이 보내며 밥을 먹고 영화를 본 뒤 새벽까지 술을 마셨다. 여름휴

가 일정을 맞춰 같이 여행도 떠났다. 가장 많이 나
눈 얘기는 회사 생활의 빡침에 대한 것이고 이따
금 연애 문제가 끼어들었다. 40대가 가까워질수록
독거노인의 미래에 대한 농담도 진지하게 주고받
았다. 두 명의 친구는 부모님과 같이 살았고 경주
를 포함한 세 사람은 독립해서 혼자 살았다.

　—고급 실버타운에 들어가려면 적금을 따로 들
어둬야 돼.

　—비타민 좀 챙겨 먹어.

　—우리 운동 좀 하고 살자.

　—냅둬. 난 오늘만 살 거니까.

　—안 되겠다. 쟤 쓰러지면 큰일이니까 비상 연
락망이라도 만들자.

　건강염려증이 심한 독거 중년 한 명과 두 명의
비타민 신봉자, 두 명의 될 대로 되라 주의자들이
나누는 대화는 예상 가능하면서도 종잡을 수 없는
방향으로 나아갔다. 다섯 명의 여자들은 비상 연
락망의 순서를 짜는 동안 눈물까지 흘릴 정도로
웃었다.

　만나면 언제나 근황을 나누는 것으로 시작해서

미래에 대한 걱정에 도달했고, 누군가 걱정해서 뭐 하느냐고 일침을 놓으면 그 지점에서 유턴해 과거로 돌아갔다. 같은 교실에서 공부하던 1년의 시간을 포함한 고등학교 시절에 대해 얘기할 때 다섯 명의 목소리는 가장 밝고 활기찼다. 그 시절에 대해서라면 아무리 얘기해도 질리지 않았고 소재도 무궁무진했다. 정말 이상하다고, 그때 얘기는 해도 해도 마르지 않는다고, 학창 시절에 대한 얘기를 같이 나누는 동안에는 나이를 잊게 된다고 다들 고백했다.

　—그래서 옛날 친구를 만나는 건가봐.

　—옛날 얘기하려고 만나는 거지.

　—다시 10대로 돌아간 것 같은 기분이 드니까.

　30대 후반이 되니 고3때 입시 스트레스로 변비에 시달리고 여드름이 창궐하고 운동 부족과 수면 부족으로 고통받던 것마저 재미난 추억이 되었다. 과거의 에피소드 속에서 다섯 명은 깔깔대며 웃었고 시원하게 웃고 난 뒤에 마음의 평화를 얻었다. 좀 더 친하고 조금 덜 친한 사이는 있어도 다섯 명 모두 말이 잘 통하고 웃음 코드가 맞았다.

그녀들과 만나지 않게 되면서 경주는 시간이 급격하게 흐르는 것 같은 기분을 느꼈다. 10대의 분위기는 잊었고 대학 동기인 J와 이야기하는 동안에만 20대의 기분에 젖을 뿐이었다. 결혼하고 아이를 낳은 뒤에 고등학교 동창들이 아닌 다른 사람이 집에 놀러 오거나 다른 사람을 기다리며 속마음을 털어놓게 되리라고 생각해본 적은 없었다. 더 정확히 표현하면 그녀들과 아이를 낳은 경주가 만나지 않게 될 거라는 생각을 해본 적이 없다. 경주는 친구들과 결별하게 된 이유가 무엇일까 돌아보곤 했다. 언제 우리가 이토록 멀어진 걸까. 왜 그녀 혼자 친구들과 함께하던 궤도에서 이탈해 다른 노선을 돌게 되었을까.

경주가 결혼 소식을 전했을 때 친구들은 놀라면서도 축하해주었다. 얼마 뒤에 경주가 임신 얘기를 꺼내자 어쩐지, 그런 사정이 있었구만, 하면서 음흉하게 웃었다. 경주는 결혼 준비와 임신 때문에 모임에 자주 나가지 못했고 나가더라도 새벽까지 버티지 못했다.

친구들은 경주가 임신했다고 모이는 장소나 날짜를 특별히 변경하지 않았고 경주도 그게 편했다. 그 모임에서는 뜨는 맛집이나 꼭 봐야 하는 공연이 개인의 사정보다 우선시되었다. 경주 역시 입덧 때문에 속이 울렁거리는 것에 대해 하소연하는 대신 모임을 한 주 빠지는 쪽을 선택했다. 친구들이 주말 모임에 가지는 기대, 같이 만나서 발산하는 흥은 얼마 전까지 자신도 중요하게 여기던 생활의 즐거움이었다. 그걸 깨고 싶지 않았다. 경주가 단톡방에 몸이 안 좋아서 오늘 못 갈 것 같아 미안, 즐거운 시간 보내, 라고 남기면 친구들은 응, 푹 쉬어, 라고 한 뒤 예약과 약속 시간에 대한 대화를 열심히 주고받았다.

경주에게도 그 단톡방과 거기 올라오는 사진과 주고받는 대화 속의 정보와 교감은 중요한 것이었다. 재미있는 얘기를 듣거나 웃기는 사진이 생기면 제일 먼저 거기 올린 다음 친구들의 반응을 기다렸다. 고3 때 교실의 앞뒤 자리에 앉아 속닥거리거나 쪽지를 써서 주고받을 때와 비슷했다. 그동안은 메시지가 올라오자마자 바로 확인했지만 임신 뒤에 경주는 단톡방의 알림을 끈 채 시간이 날 때 새로 올라온 글을 한 번에 죽 훑어본 다음 댓글을 남겼다.

친구들이 내한한 락 밴드의 스탠딩콘서트에 갔을 때 경주는 신혼집의 도배와 장판을 새로 했고 가구를 들였다. 친구들이 오랜만에 콘서트에 가서 노래 부르고 몸을 흔들었더니 살이 빠진 것 같다고 우스갯소리를 했을 때 경주는 점점 나오기 시작하는 배 때문에 골라놓은 드레스를 입을 수 있을지 걱정했다. 친구들이 연휴와 주말을 이용해 1박 2일 여행을 떠날 때 경주는 모바일 청첩장 발송을 마쳤다는 웨딩 플래너의 메시지를 받았고 주원과 베이비 페어에 가서 유아차를 구경했고 조리원도 알아보았다.

결혼식을 앞두고 경주는 주원과 함께 친구들을 만났다. 저녁을 먹으며 그동안 자세히 알리지 못했던 결혼식 준비 내용과 임신에 대해 이야기했다. 친구들은 흥미롭게 들었고 배 많이 안 나왔는데, 경주가 엄마가 된다니 너무 이상하다, 실감이 안 나, 하며 신기해했다. 주원이 있어서 모임 분위기는 평소보다 얌전했지만 그동안의 공백이 느껴지지 않을 정도로 즐겁고 유쾌했다.

차를 마신 뒤 친구들은 술을 한 잔 더 하겠다며 자리를 옮겼다. 다섯 명이 한참 모이던 시절, 다른 고등학교 동창들이 청첩장을 주러 왔을 때와 비슷한 마무리였다. 오랜만에 만나는 친구가 반갑고 새로운 멤버와 나누는 추억 얘기가 즐겁긴 하지만 우리끼리, 좀 더 익숙하고 친밀한 사람들끼리 하고 싶은 얘기가 따로 있었다. 자리를 옮겨 다섯만 남았을 때 걔가 대학 잘 가더니 인생 폈다, 그 회사가 그렇게 좋아? 사원 복지가 잘 돼 있다더라, 예전에는 그렇게 될 줄 몰랐지. 다섯이서만 나눌 수 있는 스몰 토크를 하며 술을 마셨다.

작별 인사를 하며 친구들은 경주에게 주원이 아주 괜찮은 사람처럼 보인다고, 결혼 잘하는 것 같다고 말했다. 친구들의 반응에 경주는 잔잔한 기쁨과 뿌듯함을 느꼈다. 그들의 술자리에서 오갈 얘기가 궁금해졌지만 예전처럼 중요하게 생각되지는 않았다. 주원이 차로 집까지 데려다줄 때 옆에 앉아 잠깐 눈을 붙였고 그 친구들과 얼마나 많은 시간을 보냈고 친하게 지냈는지 얘기했다. 아직도 여고생들 같더라, 주원의 말에 맞아, 소녀들이지, 하며 웃었다.

그다음 주에도 친구들의 만남은 이어졌고 경주는 청첩장을 주기 위해 다른 약속을 잡느라 참석하지 못했다. 친구들은 원래 네 사람이 모였던 것처럼 자연스럽게 경주의 부재를 받아들였다. 피부 관리 잘 받고 있냐. 무리하지 말고 건강 잘 챙겨. 시간의 흐름과 함께 단톡방의 인사는 결혼식장에서 보자는 말로 바뀌어갔다.

결혼식 날 네 명의 친구들은 대기실에 들러 경주의 손을 잡았고 옆에 두 명씩 선 채 기념사진을 찍었다. 행진하는 경주와 주원을 보며 박수 쳤고 예식이 끝난 뒤에는 초등학교 중학교 대학교 동창들과 신부 측 친구 자리에 나란히 서서 사진을 찍었다.

예식이 끝난 뒤 경주가 한복으로 갈아입고 식당에 갔을 때 친구들은 이미 자리를 뜬 뒤였다. 경주는 친구들을 보지 못한 채 신혼여행을 떠났다. 단톡방에 와줘서 고맙다는 인사를 남기고 결혼식과 신혼여행 사진을 올리고 집들이 날짜를 잡다가 어영부영 시간이 흘러갔다. 배가 나오고 몸이 붓고 무거워지면서 사람들 만나는 게 부담스러워졌다.

아이를 낳은 뒤 조리원에서 찍은 지우 사진을 단톡방에 올렸다. 친구들이 먼저 사진을 올려보라고 한 것도 아니고 어떻게 지내느냐고 물은 것도 아닌데 사진을 올리고 반응을 기다리는 자신이 예전의 선배들 같아 좀 민망했다. 그래도 먼저 소식을 전하는 게 맞는 것 같아 다들 어떻게 지내냐, 시간 참 빠르다, 하면서 몇 장의 사진을 골라 올렸다. 친구들은 귀엽다, 너랑 닮았다, 아니야, 남편 닮은 것 같은데, 아기 정말 작다, 하면서 댓글을 달았다. 그런 뒤에 단톡방은 다시 조용해졌다. 예전처럼 모이자는 얘기도 없고 사소하고 시시콜콜한 대화도 사라진 것 같았다. 경주는 다들 사는 게 바쁘구나, 생각했다. 지우의 기저귀를 갈고 분유를 먹이면서 자신뿐 아니라 모두에게 한 시절이 지나가고 있다고, 언제 또 예전 같은 시간을 보낼 수 있을까, 그리움에 젖었다.

지우가 백일쯤 되어서야 단톡방이 조용해진 게

아니라 이곳의 의미와 성격이 달라졌다는 걸 깨달았다. 여기는 명맥만 유지하고 네 사람은 그들만의 단톡방을 만들어서 예전처럼 웃긴 사진도 올리고 여행 갈 곳을 정하고 숙소와 맛집을 고르며 분주하리라는 생각이 들었다. 처음에는 경주를 배려해서 따로 대화를 나누기 시작했을 것이다. 저녁에 나갈 수 없고 주말에 시간 내기 힘든 경주가 신경 쓰여서, 경주를 위해 다른 방을 만들었을 것이다. 단톡방을 따로 만들고 나니 예전 방에서는 나눌 얘기가 없어졌을 것이다. 경주는 친구들의 배려에 울적해졌다. 왜 그러느냐고 물어보거나 다른 방의 존재에 대해 아는 척하는 것도 내키지 않았다. 단톡방을 나가는 것도 이상하고 거기 가만히, 없는 것처럼 남아 있는 것도 불편했다.

그날 밤 경주는 잠들지 못한 채 오래 뒤척였다. 살면서 가끔 자신이 어디에 있고 어떻게 살고 있는지 정면으로 마주하게 될 때가 있는데 오랜만에 그런 순간과 맞닥뜨린 것 같았다. 뭐가 잘못된 걸까. 시간을 다시 돌린다면 어떤 부분을 바꿔야 할까. 바꾸고 싶은 그 부분이 현재의 상황과 좌표에

영향을 끼쳤을 것 같았다. 그런데 다시 돌아간다 해도 경주는 결혼 준비와 임신으로 친구들의 주말 모임에 빠지게 될 것 같았다. 자신이 갈 수 있는 곳에서 만나자고 하는 대신, 잘 다녀와, 재미있게 놀아, 라는 댓글을 남길 것 같았다. 그건 친구들과 그 모임을 지키고 싶은 경주만의 배려였다. 친구들이 그 배려를 어떻게 받아들였지는 알 수 없었다.

경주는 따뜻한 물과 함께 두통약을 삼켰다. 예전이라면 너네 왜 이렇게 조용해. 다들 어디 있냐? 나도 초대해줘, 라고 즉각적으로 반응했을 것 같은데 자꾸 말을 고르게 되었다. 친구들과 만난 지 오래고 고립되어 있다 보니 큰일처럼 느껴져서 예민하게 받아들이는 것 같기도 했다.

10년 전에 한 친구가 외국에 공부하러 나갔을 때도 나머지 네 사람은 2년 동안 모임을 잘 이어나갔다. 만날 때마다 그 친구가 어떻게 지내는지 궁금해했지만 한 사람의 공백은 크지 않았고 친구는 돌아와서 자연스럽게 다시 모임에 합류했다. 경주는 자신의 결혼과 출산도 그렇게 지나가고 받아들여질 거라고 생각했다. 친구의 유학처럼 진짜 만나지는 못해도 마음으로 함께하니까, 친구들 사이에 자신의 자리가 남아 있어서 언제든 돌아갈 수 있을 거라고 믿었다. 시간이 지나 지우가 크고 자신도 좀 더 자유로워지면 예전처럼 자주 만날 수 있을 거라고.

주원과 결혼하고 지우를 낳은 뒤 세 사람이 함께 살게 되면서 경주는 아이가 없던 시절을 그리워하는 것과 그때로 돌아가고 싶다고 생각하는 것이 어떻게 다른지 알게 되었다. 경주는 이따금 과거가 그리웠지만 과거로 돌아가고 싶은 건 아니었다. 아이 없이 비혼으로 살던 과거의 생활은 그것대로 즐거움과 어려움이 있었고 주원과 지우와 같이 사는 현재는 이것대로 새로운 고통과 뿌듯함으로 구성되었다. 혼자였을 때는 다른 사람이 어떻게 살고 자신이 어떻게 보일지 주위를 자주 돌아보았다면 결혼한 뒤로는 가족에게 좀 더 집중하게 되었다. 경주가 이따금 돌아보는 건 타인이 아니라 과거의 자신이었다. 과거의 자신이 당연하게 여기던 것과 잃어버린 것에 대해 생각했다. 현재의 삶을 그대로 유지한 채로 과거의 어떤 부분만 돌이키고 싶은 게 솔직한 심정이었다. 그 이중적인 심정을 어떻게 표현할 수 있을까. 친구들에게 제대로 설명할 수도 이해시킬 방법도 없었다. 이해라니, 그건 불가능한 일이었다. 인간은 서로를 이해하기 위해 노력할 수 있을 뿐이다. 경주도 출산과 육아를 온몸으로 통과하며 이 상황에 도달하지 않았다면 절대로 현재의 자신을, 다른 기혼자나 부모가 된 사람들을 이해하지 못했을 것이다. 다른 세계로 이동해서 거기에 속한 뒤에야 비로소 지나온 시간과 그때 일어났던 일에 대해 제대로 알게 된다는 것이 인간의 한계이자 노력이 끼어들수 있는 틈이었다.

지우의 돌잔치를 앞두고 경주는 망설이다가 아이의 사진이 들어간 초대장 파일을 단톡방에 올렸다.

다들 보고 싶다. 시간되면 와서 축하해줘.

그건 오래 망설이다 올린 경주의 진심이었다.

벌써 시간이 그렇게 되었구나. 꼭 갈게.

축하해. 오랜만에 얼굴 보자.

엄마 경주도 고생 많았다.

몇 달의 공백을 뛰어넘어 댓글이 달렸다. 그걸

보고 있으니 마치 공백이 존재하지 않았던 것 같은 착각마저 들었다. 축하 메시지와 하트의 물결 속에서 경주는 서운했던 마음을 지웠다. 예전처럼 자주 볼 수는 없어도 앞으로도 다섯 사람은 계속 친구 관계일 것이고 좀 더 성숙한 관계로 접어들게 되리라 기대했다.

토요일 저녁의 돌잔치에서 경주는 오랜만에 많은 사람들과 만났다. 축하한다는 인사만큼이나 애가 순하네, 남편 많이 닮았다, 라는 얘기를 들었다. 경주는 와줘서 고마워, 오느라 고생 많았지, 많이 먹고 가, 라고 대답하며 오랜만에 지인들과 대화를 나누었다. 초반에 손님들을 맞을 때는 친구들이 늦나 보다, 라고 생각했고 사회자를 따라 지우의 성장 앨범과 영상을 보고 케이크를 자르는 동안에는 정신이 없어서 누가 늦게 오고 먼저 갔는지 파악하지 못했다. 지우는 돌잡이로 공을 잡았고 사람들은 큰 소리로 웃으며 박수를 쳤다. 먼저 일어나시는 어른들이 키우느라 고생 많았다며 경주의 어깨를 다정하게 두드렸다. 지우 기저귀를 갈고 이유식을 먹이고 재우느라 중간에 몇 번 자리를 비우기도 했다.

손님들이 모두 돌아간 뒤 포토그래퍼와 돌잔치 업체의 비용을 정산하고 가족들과도 헤어졌다. 집에 돌아와 가방 안에 든 걸 정리하며 양가 부모님에게 받은 금반지를 어떻게 할까 고민했고 그제야 네 명의 친구들이 오지 않았다는 걸 알게 되었다.

경주는 단톡방을 열어 놓친 메시지가 있나 살펴봤다. 일이 생겨 못 온다는 연락이 왔었나 싶어서 문자 메시지와 메일까지 살펴봤지만 한 친구가 단톡방에 남긴 그날 봐, 라는 댓글이 마지막이고 그 이후로는 아무것도 도착하지 않았다.

경주는 오늘 무슨 일이 있었느냐고, 왜 안 온 거냐고 혹시 잊어버렸냐고 묻고 싶었지만 좀 더 기다려보기로 했다. 뭔가 사정이 있겠지. 다 같이 올 수 없는, 글조차 남길 수 없을 정도로 급박한 일이 생겼을지도 모르지. 그런 일이 생기지 말라는 법이 있는가. 예상하지 못했는데 아이를 임신했고 육아 때문에 복직을 미루게 되면서 경주는 인생에 어떤 일이든 생길 수 있다는 의외성을 받아들이게 되었다. 생각이 거기에 닿자 무슨 얘기가 있을 때까지 며칠 기다려보자는 쪽으로 마음이 바뀌었다.

돌잔치 때 갑자기 많은 사람들을 만나고 밖에 오래 있어서 피곤했는지, 돌치레를 하는 건지 지우는 다음 날부터 콧물을 흘리고 컨디션이 안 좋아졌다. 약을 먹은 지우가 자는 동안 경주는 돌잔치에 왔던 사람들에게 감사 메시지를 보냈다.

주말이 지났는데도 친구들의 단톡방에는 아무 메시지도 올라오지 않았다. 설마 잊은 건가. 경주는 애써 눌러놓았던 의심의 뚜껑을 열었다. 그들이 올 마음이 없었거나 까맣게 잊었다는 걸, 변명조차 하지 않을 정도로 이 일을 완전히 잊어버렸다는 걸 받아들일 때가 된 것 같았다. 경주는 지우 옆에 엎드려 인생의 가장 중요한 시기를 같이 보낸 친구들과 함께해온 20여 년을 돌아보았다. 시간을 거슬러 올라가며 그동안 주고받았던 대화도 다시 읽었다. 다섯 명이 할머니가 될 때까지 서로의 생일과 중요한 일을 축하해주며 나이를 먹어가리라는 걸 의심해본 적이 없었다. 입장이 바뀌어 다른 친구의 처지가 달라진 거라면 자신은 어떻게 했을까. 하던 대로 하는 게 편하고 새로운 상황에 맞추는 게 귀찮아서 자연스럽게 배제하는 쪽을 택했을까. 몇 번을 다시 생각해도 그녀의 대답은 그러지 않는다, 였다. 친구들 중 한 명도 잃지 않는 쪽을 선택할 것이다. 그러자 슬픔과 서운함이 더 커졌다.

경주는 여전히 의문에 휩싸인 채로 '채팅방 나가기' 버튼을 클릭했다. 여기서 나가는 게 친구들을 잃는 건지 관계에서 밀려나는 건지 스스로 포기하는 건지 알 수 없었다. 하지만 머무른다고 자신이 아득한 어둠 속에 있고 그녀와 친구들이 서로의 세계에서 빛과 의미를 잃었다는 사실이 바뀌지도 않을 것이다. 미련을 품고 단톡방을 들여다보는 일을 그만두기로 했다. 이제 새로운 친구와 새로운 자리가 필요했다. 망설임에 비해 처리는 신속했다. 하나의 페이지가 원래 없었던 것처럼 깨끗이 사라졌다. 경주는 그들이 오랫동안 눈치채지 못하리라는 걸 알았다.

단톡방에서 나온 뒤 경주는 밤이 되면 종종 우울감에 빠졌다. 낮에는 지우와 함께 지내느라 다른 생각을 할 겨를이 없기도 하고 마음이 가라앉지 않도록 애썼지만 아이가 잠든 뒤 혼자 식탁에 앉아 있으면 일교차가 심해지듯 마음의 온도가 뚝 뚝 떨어졌다. 우리의 우정이란, 우리가 함께 보낸 세월이란 무엇이었을까, 라는 질문을 떨치기가 힘들었다. 좋을 때 만나서 근황 얘기를 나누고 맛있는 걸 먹고 헤어지는 사교적인 관계일 뿐이었나. 그때만 유효하고 그 안에서만 의미 있는 거였나. 친구들에서 시작된 고민은 결혼과 출산 이후의 삶으로 가지를 뻗어나갔다. 대학 졸업 이후 해온 일과 복직하지 않기로 한 결정을 돌아보는 동안 경주는 통신이 끊긴 우주선을 타고 어둠 속을 떠도는 것처럼 막막하고 외로웠다.

J는 대학 동창 중 한 명이었다. 대학 다닐 때도 친한 편은 아니었고 졸업한 뒤 다른 동기들의 결혼식이나 돌잔치에서 마주치는 사이였다. 둘이 따로 만난 적은 없었다. 청첩장은 줄 수 있지만 돌잔치에 초대하기에는 망설여지는 사이였다.

대학 동기의 어머니가 돌아가셨다는 소식을 들었을 때 경주는 다른 동기에게 봉투를 부탁하려다

타이밍을 놓쳤다. 대부분의 친구들이 금요일 저녁에 다녀왔다고 해서 주원에게 지우를 맡긴 뒤 토요일에 혼자 들렀다.

토요일 낮의 장례식장에는 사람이 거의 없었고 동창은 벽에 기대앉아 있다가 경주를 보자 초췌한 얼굴로 일어섰다. 경주는 동창의 모습을 잠깐, 뒤편에 놓여 있는 영정사진 속 어머니 얼굴을 오래 바라보았다. 대낮의 장례식장에는 침울한 적막이 흘렀고 국화꽃 한 송이를 올리고 나니 코끝이 찡해졌다. 동창과 자주 만났던 것도 아니고 그녀의 어머니를 본 적도 없는데 마음이 묵직했다.

—아기 때문에 못 올 줄 알았는데…….

경주의 얼굴을 본 동창의 눈시울도 붉어졌다.

—금방 가봐야 돼.

—언제 또 보냐.

동창이 경주의 손을 꼭 잡았다.

—그러게. 얼굴 한 번 보기가 쉽지 않네.

—누가 또 죽어야 볼 수 있겠지.

동창이 눈물을 찍어내며 소리 없이 웃었다. 결혼 시기가 지난 동창들에게 모일 자리가 장례식장

뿐이라는 말은 진실에 가까웠다. 따라 웃으며 경주도 눈물을 닦았다.

동창은 집에 가봐야 한다는 경주를 테이블에 앉힌 뒤 수저를 앞으로 밀어주었다. J가 들어오다가 경주와 동창을 보고 알은체를 했다.

—다행이다. 아무도 없을 줄 알았는데.

경주와 J는 한 테이블에 앉아 육개장을 떠먹었다.

—아기 낳았다는 얘기 들었어.

J가 딸 맞지? 하고 물었다.

—응, 얼마 전에 돌이었어.

J는 결혼 생각이 없지만 아기는 좋아한다고 했다.

—얼굴 궁금하다. 사진 좀 보여줘.

가족을 제외하고 아이의 사진을 먼저 보여달라고 말한 건 J가 처음이었다.

—귀엽다. 네 얼굴도 보이네.

얼마 전에 동기들 몇몇이 모였다며 J가 동기들 사는 얘기를 전했다.

—넌 어떻게 지냈어.

경주는 결혼 이후의 시간과 일어난 일들에 대해 어떻게 말해야 할지 알 수 없었다. 특별한 일들이 연달아 일어난 것 같기도 하고 뻔한 일의 연속이라 할 얘기가 없기도 했다. 경주는 휴직 중인데 복직할 수 있을지 모르겠다고, 아기를 맡기고 일해야 하는데 왜 이렇게 겁이 나는지 알 수 없다고 했다. 몇 년 만에 만났는데 이런 얘기가 술술 나오는 게 스스로도 의아했다.

J는 우체국에 다닌다고 했다. 길을 가다 낯익은 얼굴이 보이면 우체국에서 본 사람인가 싶어 고개를 숙인 채 빠르게 걷는다고 했다. 일하는 건 나쁘지 않은데 매일 사람들을 보니까 그 얼굴이 그 얼굴 같고 점점 더 사람들 얼굴 구별하기가 어려워. 우편물을 다루는 공무원인 줄 알았는데 서비스직이었어. 찡그린 듯한 얼굴로 웃었다.

대학 때는 모범생 같고 조용한 J가 심심했는데 육개장을 먹으며 대화를 하는 동안 J에 대해 잘 몰랐었구나, 싶었다. 얘기를 주고받는 동안 마음이 편해지고 말이 통한다는 느낌을 받았다. 친구들과 절연한 뒤로 경주는 해가 지고 일과가 끝나면 내면의 빛이 급격하게 꺼지고 막막한 어둠으로 덮여가는 것 같았다. 말이 통하지 않는 아이에게 혼잣말을 하며 하루를 보낸 뒤 주원과 잠깐 얘기를 나누다 새벽에 눈을 감으면 사방이 깜깜했다. 동생은 한 달에 한 번 퇴근길에 잠깐 들렀고 지방에 사는 엄마는 명절 때 와서 며칠 지내다 내려갔다. 새로운 친구와 새로운 자리와 새롭게 비춰줄 빛이 필요했다.

경주와 J가 자리에서 일어나자 다른 테이블에 앉아 있던 동창이 배웅하러 나왔다.

—오늘 와줘서 고마워. 자주 보자.

동창은 경주와 J의 손을 잡았다. 경주도 결혼과 아이 돌잔치를 치르며 누군가가 중요한 순간에 함께해준다는 게 얼마나 고마운 일인지 잘 알았다.

—그래. 나이 드니까 남는 게 친구밖에 없더라.

J가 다른 손으로 경주의 손을 잡았다. 셋이 손을 잡고 둥글게 서자 그러지 않으려고 하는데도 절연한 고등학교 친구들이 떠올랐다. 경주는 두 친구의 아버지 장례식과 다른 한 친구의 할머니 장례식에 갔었다. 자신에게 그런 일이 닥쳐도 슬픔의

순간을 그 친구들과 함께 지나가리라고 생각했다. 그런데 엄마나 아빠가 돌아가시면 누가 올까. 누가 와서 오래 있어줄까. 그 생각을 하자 울컥해졌다. 경주가 고개를 푹 숙이자 동창과 J가 잡은 손에 힘을 주었다.

동창과 J는 장례가 끝난 뒤 경주의 집에 놀러 왔다. 세 사람은 지우가 자는 동안 음식을 주문해 먹었고 그동안 어떻게 지냈는지 얘기했다. 엄마가 돌아가신 뒤의 일상과 마흔이 넘었는데 부모님과 같이 사는 일상, 아이를 키우는 전업주부의 일상이 뒤섞였다.

동창은 장례식장에서 경주가 울던 모습이 마음에 오래 남았다고 했다.

—경주가 잘 우는 애가 아닌데.

—난 처음 본 것 같아.

J가 고개를 저었고 동창도 기억에 없다는 듯 고개를 갸웃거렸다.

—내가 눈물이 없는 편이지.

경주는 잠에서 깬 지우의 기저귀를 갈고 분유를

타면서 대답했다.

　—1학년 땐가 2학년 때 봄에 MT 가서 두 명씩 짝지어서 얘기했던 거 기억나? 둥그렇게 서서 계속 짝 바꾸면서 얘기했잖아. 애들 되게 많이 울었는데 그때도 경주는 안 울었어.

　—그거 2학년 때야.

　동창이 2학년 봄에 캠프파이어를 가운데 두고 둥그렇게 서서 한 명씩 돌아가며 얘기하던 장면을 꺼냈다. 그 부분을 펼치자 대화가 자연스럽게 대학 시절의 추억으로 넘어갔다. 그전까지 조금 차분하고 조심스럽게 이어지던 대화는 공통의 화제를 만나자 활기를 띠었다. 세 사람 사이에 다시 그날의 캠프파이어가 놓인 것 같았다. 친구들의 표정과 말투가 달라지는 걸 보며 경주는 기분 좋은 떨림을 느꼈다. 오랜만에 가족이 아닌 타인과 계산 없이 얘기하는 즐거움에 취했다. 장작이 다 타버리는 줄도 모른 채 셋이 수다를 떨다 보니 몇 시간이 훌쩍 지나갔다.

　—잊어버린 줄 알았는데 얘기하다 보니까 다 생각나.

─나도. 되게 생생하다.

시간이 이렇게 됐는지 몰랐다고, 다음에 또 보자는 얘기와 함께 두 친구는 집으로 돌아갔다.

금방이라도 다시 약속을 잡고 만날 것 같았지만 그 뒤로 셋이 또 만난 적은 없다. 진짜 누가 또 죽어야 볼 수 있겠구나, 라고 생각할 즈음 J가 '집에 놀러 가도 돼?'라는 메시지를 보냈다. 보자고 말해놓고 만나지 않는 것보다 놀러 가도 되느냐고 묻는 J의 메시지가 더 신기했다. 와주면 고맙지. 고맙다는 말은 경주의 진심이었다.

J는 퇴근길에 혼자 와서 저녁을 먹고 얘기를 나누다 돌아갔다. 그 뒤로 한 달에 한 번이나 두 번 정도 집에 놀러 왔다. J와 경주는 둘의 추억 얘기를 이어갔고 과거의 화제가 다 떨어지면 현재의 이야기를 나눴다. 대학 때의 이야기를 할 때 경주는 즐거웠고 지금 사는 얘기를 나누고 감정을 털어놓는 동안 J에게 심적으로 의지하게 되었다.

평소에 만나는 어른이라곤 주원뿐인데 퇴근해서 집에 오면 그는 저녁을 먹은 뒤 지우와 온몸으로 노느라 바빴다. 그가 전력을 다해서 놀아주는 아빠라는 점은 다행스러웠다. 회사에 다녔다면 경주는 주원만큼도 할 자신이 없었다. 두 사람의 대화는 지우를 씻기고 재운 뒤에야 가능했다. 지우가 잠든 뒤 식탁에 앉아 같이 맥주나 와인을 마실 때도 있지만 옷도 갈아입지 못하고 방전된 상태로 소파에 기대 숨을 고르는 날이 더 많았다. 피곤함 속에서도 두 사람은 지우에 대한 정보를 교환하고 업데이트했다. 쓰는 어휘가 늘어난 것과 머리와 손발톱이 자라 손질해야 한다는 것, 팔다리가 길어져 새로운 실내복이 필요하다는 것을 서로에게 알려주었다. 그것은 하루를 마무리하는 보고나 브리핑의 형태를 띠고 있지만 감탄과 감격에 가까웠다. 오늘의 예쁜 짓과 애간장을 녹이는 표정에 대해 자기만의 해석과 감정을 섞어 얘기하는 동안 그들은 육체의 피곤을 잊고 아이라는 존재에게 완벽하게 굴복했다. 경주는 전율 같은 것이 주원의 얼굴을 훑고 지나가는 걸 보았고 자신의 얼굴도 비슷하리라 생각했다.

　그러나 아이만으로는 충분하지 않았다. 주원과 둘이서 서로에 대해 얘기하는 시간이 좀 더 필요했다. 오늘 무엇이 좋았고 힘들었는지 요즘 무슨 생각을 하며 사는지 시시콜콜 나누고 싶었다.

결혼 후 몇 달뿐이었지만 둘이 누워 두런두런 얘기를 주고받고 소리 내어 웃다가 잠들던 밤이 떠올랐다. 웃으며 팔을 두드리고 서로의 어깨를 치다가 끌어안으며 섹스를 하고 서로가 내는 소리 때문에 웃음이 터지던 밤들. 그때 세상에는 두 사람뿐이었고 세상의 범위는 둘이 앉아 있는 테이블이나 같이 누워 있는 침대로 한정되었다. 그게 답답하기는커녕 비밀스럽고 아늑했다. 이 넓은 세상, 많은 사람들 사이에서 서로에게 집중하기 위해 한집에서 같이 사는 거라고 믿었다.

이제는 밤이 되면 잠귀 밝은 지우가 깰까봐 조심조심 움직여야 했다. 세상의 중심이 경주와 주원에서 그들의 아이인 지우로 바뀌었다. 두 사람은 아랫집 때문이 아니라 안방에서 자는 딸 때문에 발 앞꿈치로 살금살금 걷는 법, 소리나지 않게 문을 여닫는 법을 터득했다. 섹스할 때도 음소거된 영상 속의 주인공처럼 소리를 내지 않은 채 행위에 몰입했다. 어쩌다 주원의 입에서 소리가 비어져 나오면 경주는 손을 뻗어 그의 입을 막았다. 그 상황과 모습이 웃겨 둘 다 웃음이 터졌지만 그 순간에도 얼굴을 구기며 소리를 참으려 애썼다. 섹스의 쾌감보다 같이 웃고 고통을 공유하는 사이라는 점이 더 큰 결속력을 만들었다.

아이를 낳은 뒤 경주와 주원은 같은 팀 소속이라 대외적으로는 협력하지만 주 업무는 다른 동료 같은 관계를 이어나갔다. 저녁도 함께 먹고 이따금 회식을 하며 팀 전체의 목표를 상기하고 동료애를 다지지만 맡은 일이 달라 예전처럼 가깝게 지내지는 못했다. 무엇보다 자정 무렵 그들의 에너지는 바닥났다. 어떤 날은 주원이 눕자마자 코를 골았고 가끔은 경주가 잠든 시점의 기억이 없었다. 깨어 있을 때도 각자의 자리에서 휴식을 취하는 게 더 편했다.

경주는 지우를 중심으로 자전과 공전을 반복하는 삶의 궤도에 변화를 주고 싶었다. 주원과 둘이 같이 보내는 시간도 필요하고 혼자만의 시간도 가져야 했다. J와 만나면서 좀 다르게 살고 싶다는, 그럴 때가 되었다는 마음이 커졌다. 경주는 단순

사무직과 홍보 관련 업무까지 다양하게 살펴보며 지원했고 프리랜서나 파트타임으로 일할 수 있는 곳도 알아보기 시작했다. 다시 일하기로 결심하는 것도 쉽지 않았는데 반응이나 성과가 없으니 의기소침해졌다. 퇴사한 선배들이 왜 나가서 자기 회사를 차렸는지 알 것 같았다. 그들이 사무실을 보러 다닌다고 할 때, 고생 많이 하겠구나, 거래처는 언제 뚫고 매달 임대료는 어떻게 내나, 걱정했는데 그 모든 걸 안고 자기 일을 시작했던 그들의 심정이 이해되었다.

휴대폰 화면에 저장하지 않은 번호가 떴을 때 경주는 조금 머뭇거리다 통화 버튼을 눌렀다. 모르는 번호는 보험이나 대출을 권하는 전화가 대부분이었지만 면접과 관련된 연락이 올 수도 있어서 무시할 수 없었다. 그 실낱 같은 가능성 때문에 구직 활동을 시작한 뒤로는 피로감을 견디며 모르는 번호로 걸려 오는 전화까지 받았다.

전화 속의 목소리가 노경주 고객님이 아닌 노경주 씨 맞으시죠, 라고 했을 때 그녀는 약간의 기대

감 속에서 네, 라고 대답했다. 한 회사의 인사 담당
자라고 밝힌 사람은 면접을 보기 전에 몇 가지 물
어보고 싶은 게 있다고 했다. 경주는 자신의 이력
을 하나하나 짚어가며 확인하는 전화기 너머의 목
소리를 들었다. 담당자는 자기네 회사가 몇 시부
터 몇 시까지 근무하고 비정기적으로 야근이나 주
말 근무가 있으며 연봉은 이런 수준인데 같이 일
할 수 있겠느냐고 물었다. 경주는 구직 사이트에
올라와 있던 근무 조건을 떠올렸다. 야근과 주말
근무에 대한 내용이 있었다면 지원하지 않았을 것
이다. 노트북의 마우스를 움직여 구직 사이트를
클릭했다. 거기에는 근무 시간이 나인 투 식스로
명시되어 있었고 경주는 구직 사이트에 명시된 내
용에 대해 질문했다. 담당자는 그것이 기본인데
야근과 주말 근무가 많은 편이라 면접 전에 확인
하는 거라고 했다. 그쪽에서 말하는 야근이나 주
말 근무 얘기가 진짜인지 테스트용인지 알 수 없
지만 이 관문을 통과해야 면접이라도 볼 수 있다
는 걸 알았다.

　—생각하실 시간을 드릴까요?

담당자는 친절을 베푼다는 듯 물었다. 경주는 하고 싶은 말이 많았지만 아이 때문에 야근이나 주말 근무는 어렵다고만 대답했다. 전화 속의 목소리는 잠시 침묵하더니 아쉽지만 우리 부서에는 탄력적으로 근무할 수 있는 사람이 필요하다고 했다.

전화를 끊은 뒤 경주는 다이어리를 펴고 그 회사의 이름 옆에 엑스 표시를 했다. 실수로 다시 이력서를 보내는 일이 없도록. 전화 속 목소리는 예의바르게 메시지를 전달했으나 엑스 표시를 두껍게 칠하는 동안 그녀는 천천히 분노했다. 그리고 분노 속에서 어떤 기시감과 마주쳤다. 자신도 예전에 팀원을 뽑을 때 그런 전화를 한 적이 있었다. 예상하지 못한 야근이 많고 칼퇴근 개념이 없는 회사라 면접으로 인한 시간 낭비를 줄이기 위해 생각해낸 방법이었다. 그때 회사 내에서는 전화 면접의 개념으로 두루 사용했고 누구도 그런 전화가 무례하다거나 받는 사람에게 상처가 될 수 있다는 걸 몰랐다.

이력서를 보내기 시작한 뒤 지금까지 회사 쪽의 연락을 받은 건 두 번이었다. 두 번 모두 면접을 보자는 게 아니라 면접을 볼 만한 상태인지를 점검하는 전화였다. 처음 전화가 걸려온 건 제이니에 출근한 지 일주일 정도 되었을 때였다. 집에서 가깝고 근무 조건도 좋아서 이력서를 넣을 때부터 눈여겨봤던 회사였다. 아이를 낳았다고 모두 경력이 단절되는 건 아니구나, 싶어 가슴을 쓸어내렸다. 담당자는 그녀의 직급과 연봉을 보장해주겠다고 했고 경주는 일이 순조롭게 풀리는 것 같아 안도했다. 업무와 회사 상황에 대해 설명하던 담당자가 언제부터 일할 수 있는지 물었다. 경주는 고민하다가 2주 뒤인 다음 달부터, 라고 대답했다. 면접 날짜와 시간을 알려주며 담당자는 한 달 뒤에 사무실 이전 계획이 있다고 했다. 그 말을 무슨 한 블록 옆의 건물로 이사하듯 가볍게 했다. 두 시간 거리의 다른 도시 이름이 나왔을 때 경주는 실망하지 않으려고 애썼다. 그래도 가능한가요? 수화기 저편의 목소리가 물었을 때 네, 라고 대답하지 못했다.

시간이 지난 뒤에 경주는 종종 그 순간을 떠올렸다. 그때 무조건 갈 수 있다고 했어야 했나, 회사가 그쪽으로 이사 가면 출퇴근이 불가능하고 전화를 끊으면서 기분이 상했는데도 이따금 그런 후회가 들었다.

재취업을 준비하기 전까지 그녀는 커리어가 탄탄하니 연봉만 조금 낮추면 경력직으로 자리 잡을 수 있을 줄 알았다. 결혼 전처럼 홍보 전문 회사에서 일하는 건 힘들어도 경력을 살릴 수 있을 거라고 낙관했다. 하지만 구직 활동을 하는 동안 취업이 어려운 걸 넘어 자신이 일할 곳 자체가 없다는 걸 깨달았다. 회사들은 나이 많아서 부려먹기 힘든 경력직을 꺼렸다. 경주는 매일 자기 앞에 놓인 여러 개의 허들을 확인했다. 뉴스에 나오는 경력 단절이 바로 자신의 얘기였다. 세상이 두 팔을 뻗어 그녀를 밀어내는 것 같았다. 저녁을 먹으며 그녀가 농담처럼 나는 경주가 아니라 경단이야, 한 뒤로 주원이 경단 씨라고 부르며 장난을 쳤다. 그녀가 어이없다는 표정으로 쳐다보면 주원이 No경단이라고, No, 하며 팔을 엇갈려 엑스 표시를 만들었다.

경주는 커피를 한 잔 더 마실까 하다 샌드위치

가 포함된 제이니 세트를 주문했다. 미스 제이니가 코바늘을 내려놓은 뒤 냉장고에서 재료를 꺼냈다. 경주는 크루아상을 반으로 잘라 안에 달걀 스프레드를 바르고 오이와 햄을 얇게 잘라 넣는 제이니의 샌드위치가 좋았다. 미스 제이니는 커피와 샌드위치를 주며 입술을 살짝 벌려 미소 지었다. 그리고 커피머신 옆의 의자에 앉아 코바늘로 열심히 무언가를 떴다.

손님들이 없을 때 카페 안에는 커피의 잔향과 핸드워시의 아로마 향이 떠다녔다. 두 달 동안 평일마다 카페에서 시간을 보냈지만 경주와 미스 제이니는 주문과 계산 외에 다른 얘기는 하지 않았다. 경주는 구직 활동에 몰두했고 미스 제이니는 손님을 기다리며 뜨개질을 했다. 카페란 원래 그런 곳인데도 미스 제이니와 둘이 아무도 없는 듯 서로를 의식하지 않은 채 자연스럽게 시간을 보낼 수 있다는 게 신기했다. 낮부터 오후까지 카페 제이니에서 지내다 보니 주원보다 미스 제이니를 보는 시간이 더 길었다.

미스 제이니는 표정이 온화하고 얼굴에 감정이

잘 드러나지 않았다. 웃음이 머문 듯한 얼굴로 커피를 내리고 뜨개질하는 모습을 보고 있으면 어떤 마음으로 손님을 기다리고 뜨개질을 할까, 무슨 일을 하다 이곳에 카페를 열게 되었을까, 궁금해졌다. 언젠가 다른 손님이 카페 안의 소품에 대해 물었을 때 미스 제이니는 라탄 공예를 배운 적이 있어서 직접 만든 거라고 했다. 그 말을 들은 뒤로 경주는 이 손재주 많은 여자가 더 궁금해졌다. 다른 곳에서도 카페를 했을까. 경주보다 서너 살 적은 것 같은데 미혼일까, 기혼일까. 그녀에게 지금 이 시간은 어떤 구간일까.

오후 2시가 되면 경주는 의욕적이던 오전을 지나 약간의 실망과 비관, 지루함과 무료함의 구간으로 들어섰다. 오랜 경험으로 이 시간대를 잘 지나가야 한다는 걸 알았다. 오후 2시의 실망에 발을 담그거나 비관을 깊이 응시하면 남은 하루가 우울하게 흘러가 엉망이 되었다. 그런 기분이 몰려올 때 경주는 시선을 다른 데로 돌리려고 애썼다.

카페에 둘만 있는 시간이 길어질수록 경주는 미스 제이니에게 다가가 말을 걸고 싶어졌다. 선곡이 좋고 샌드위치가 맛있다고, 그녀의 취향에 늘 감탄하고, 핸드워시 때문에 단골이 됐다는 사소한 얘기 같은 걸 전하고 싶어졌다. 그러나 늘 생각뿐이고 샌드위치로 허전함을 달래거나 커피를 한 잔 더 마시면서 우울해지려는 마음을 추스렀다.

미스 제이니는 얼굴 위로 머리카락이 흘러내리는 줄도 모른 채 뜨개질에 집중했다. 어떤 날은 코바늘로 색색의 티코스터를 만들고 어떤 날은 대바늘로 작은 모자를 떴다. 경주는 무언가를 계속 만들어내는 미스 제이니의 손과 즐겁게 몰입하는 모습이 부러웠다. 구직 사이트를 돌아다니고 책을 읽다가 오후 2시쯤 되면 경주는 리드미컬하게 움직이는 미스 제이니의 손과 자신의 빈손을 내려다보았다.

대학을 졸업하고 직장인으로 사는 동안에는 월급을 받는 삶에 만족했다. 돈을 벌려면 당연히 취직해야 된다고 생각했고 정해진 시간에 출근해서 주어진 업무를 하는 시스템 안에서 안정감을 느꼈다. 직장 생활할 때 경주에게 중요하던 것은 출퇴근 시간을 단축하는 법과 회사 근처의 맛집과 카페를 찾아내는 것, 업무를 효율적으로 해결하고 퇴근 뒤의 시간과 주말을 알차게 보내는 것이었다. 20대 중반부터 30대 중반까지 인생의 킥판은 직장이었다. 좀 지겹고 재미없기는 해도 그것만 잘 잡고 있으면 물속에서 안정적으로 나아갈 수 있었다. 나이를 많이 먹었다고 푸념하면서도 시간이 광활하게 펼쳐져 있다고 낙관할 만큼 젊은 때였다. 마음을 다스리기 위해 대한민국, 지구, 태양계와 은하계 같은 개념이나 원근감 조절은 필요하지 않았다.

15년 가까이 그렇게 살다가 회사를 그만두니 경주는 새로운 방식으로 경제활동을 하기 어려운 인간이 되었다. 회사에 다니며 익혔던 개념과 감각은 결혼 생활이나 육아와 호환되지 않았고 대부분 쓸모가 없었다. 미스 제이니를 보고 있으면 직장을 구하는 일에만 매달릴 게 아니라 자기 일을 찾아야 하는 게 아닌가, 하는 조바심이 생겼다. 자신의 손을 내려다보면 재능도 재주도 자금도 부족했다. 직장 생활을 하면서 모은 돈은 결혼과 집 구하는 일에 다 들어갔고 뭔가 배우거나 시작하기 위한 자금을 마련하려면 다시 일을 해야 했다. 지금이 어딘가에 속해서 일할 수 있는 마지막 기회였다.

출입문에 달린 종이 흔들리며 병원 유니폼을 입은 여자 둘이 들어왔다. 분홍색 유니폼을 입은 여자들은 오후 3시의 단골이다. 한 사람이 와서 여러 잔의 커피를 포장해 가거나 동료 둘이 같이 왔다. 분홍색 유니폼을 입은 여자들이 문을 열고 들어서면 경주는 시간을 확인했다. 오후 3시. 직장인들에게는 카페인이 필요한 시간이고 경주에게는 지우를 데리러 가야 하는 시간이 얼마 남지 않은, 저녁 육아가 시작되기 전 마음의 준비가 필요한 시간이다. 3시에서 4시까지의 한 시간은 이전과는 다른 밀도로 흘러간다. 마음이 조급해져서 많은 양의 일을 처리할 때도 있지만 대체로 온라인 마트에서 장을 보거나 필요한 물건들을 주문하는 시간으로 써버렸다.

오늘은 집에 놓고 쓸 물티슈와 휴대용 물티슈를 주문해야 했다. 경주는 남은 커피를 마신 뒤 검색을 시작했고 지우의 여름용 실내복이 필요하다는 게 떠올라 같이 찾아봤다. 임신과 출산을 지나면서 생활의 많은 부분을 인터넷 쇼핑에 의존했다. 휴대폰으로 맘에 드는 물건을 고른 다음 가격을 비교해서 좀 더 싼 물건을 주문할 때 소소한 기쁨을 느꼈다. 물건을 골라 장바구니에 담고 결제하는 것으로 현실과 생활의 고단함을 달래기도 했다.

오늘은 감정의 오르내림이 많았다. 저녁에 J가 온다고 해서 들떴다가 면접 전화를 받은 뒤 기분이 가라앉았다. 감정의 세계에서는 좋은 일과 기분 나쁜 일 하나가 만나 균형을 이루는 게 아니라 감정의 오르내림 자체가 피곤을 불러오고 나쁜 일이 좋은 일을 그대로 덮어버리기도 했다. 경주는 물티슈와 실내복을 고르다가 휴대폰으로 테이블과 커피 잔, 먹다 남은 샌드위치를 찍어 SNS 계정에 올렸다. #재취업준비, #경단녀, #육아맘, #낮시간활용 같은 해시태그를 붙였다가 지운 뒤 #단골카페, 라고만 썼다. SNS를 떠돌아다니며 지우 또래의 아이를 키우는 연예인들의 집과 아이의 방과 장난감을 구경했고 자신의 게시물에 하트와 댓글이 도착하기를 기다렸다.

예전 직장의 동료가 보낸 개인 메시지가 도착했다. 평소에는 하트만 누르고 가는데 댓글도 아닌 메시지를 보낸 이유가 뭘까, 궁금했다.

경주 씨. 잘 지내지. 대낮의 카페라니 부럽다. 나도 다 때려치우고 싶네.

눈물을 줄줄 흘리는 이모티콘이 달려 있고 사무실 책상과 실내용 슬리퍼를 신은 발 사진이 따라 붙었다. 경주는 동료의 검은색 스타킹과 삼선 슬리퍼, 책상 위에 놓인 텀블러와 서류 더미를 봤다. 카페 제이니의 색감이 다크 그린이라면 동료가 보낸 사무실 사진은 흑백에 가까웠다. 부럽다고 말하는 동료의 마음이 어떤 건지 경주는 잘 알았다. 대학 졸업 후 15년 동안 저런 책상에 앉아 일하면서 경주도 그만두고 싶다는 생각을 자주 했고 점심시간 뒤 사무실로 들어갈 때면 한낮의 카페에 남아 여유로운 오후 시간을 보내고 싶은 마음이 간절했다. 직장 생활과 평일 오후의 자유란 공존하기 어려운 것이었다. 그런데 다시 그 생활로 돌아가기 위해 매일 취업 포털 사이트에 접속해서 이력서를 보내는 처지가 되었다.

경주는 동료의 메시지에 뭐라고 답해야 하나 고민했다. 사무실에서 일하는 네가 더 부럽다고 말하는 것도, 대낮에 카페에서 구직 활동을 하는 막막함에 대해 털어놓는 것도 적절하지 않은 것 같았다. 인생이란 얼마나 이상한지. 여기에서 저쪽을 보면 그럴싸해 보이고 고통이나 그늘을 짐작하기 어렵다. SNS는 그런 착시 효과를 극대화시키고 사람들은 그걸 알면서도 기어이 접속해서 그 온도 차를 경험했다. 동료는 경주를 부러워하지만 구직자인 경주의 간절함은 헤아릴 수 없을 것이고 경주는 양쪽 입장에 다 처해봤지만 이제 저쪽의 마음에서 멀어졌다.

오히려 경주는 지원했던 채용 공고가 하나씩 마감될 때마다 스스로에게 질문하고 설득해야 했다. 왜 일하고 싶은지, 꼭 일해야 하는지. 경제활동을 해서 빚도 줄이고 생활의 눈금을 여유 쪽으로 옮기고 싶기도 했지만 무엇보다 자기 자리를 가지고 싶었다. 주원의 일, 회사에만 기대는 것도 싫고 지우가 크면서 친구들 쪽으로 좌표를 옮겨갈 때 졸졸 따라다니며 뒷모습만 쳐다보고 싶지도 않았다.

답글에 대해 고민하는 동안 J의 하트와 댓글이
도착했다.

카페 멋지다. 완전 내 취향.

경주는 J의 댓글에 하트를 눌러 마음을 표시했
다.

J는 하루 평균 두 개의 게시물을 올렸고 게시물
마다 여러 장의 사진과 설명을 남겼다. 경주의 집
에 왔다 가면 둘이 먹었던 음식과 얼굴이 드러나지
않는 지우의 뒷모습이 담긴 게시물을 올렸다. 처음
에는 많은 사람들이 보는 게 신경 쓰였지만 경주
를 직접적으로 드러내는 글이나 사진은 없어서 친
구의 취미 생활을 존중하기로 했다. 가끔은 어떤
사진을 올리고 뭐라고 썼을지 궁금해졌다. J는 사
진 밑에 #친구네에서배달음식, #친구가휴식, #오
랜친구, #이모좋아 같은 해시태그를 달았다. 그 사
진과 글이 하루에 두 개씩, 주말이면 더 많이 올라
오는 게시물 중 하나라는 걸 알면서도 경주는 오
랜 친구나 휴식 같은 단어를 눈여겨보며 의미를
부여하곤 했다. J는 경주가 가끔 올리는 사진에도
하트와 다정한 댓글을 남겼고 다른 사람들의 사진

에도 꼬박꼬박 하트와 댓글을 달았다. J의 피드에 등장하지 않는 건 우체국 사진과 동료들뿐이었다.

네 명의 친구와 헤어진 뒤 경주는 자신도 모르는 사이 J에게 의지했다. 자신이 J의 많은 지인들 중 한 명이라는 걸 알면서도 집에서 만날 정도로 가까운 사이라는 자부가 있었다. J 같은 친구가 J뿐이라는 게 아쉬웠지만 자신 역시 지금까지 만난 동료나 동창들에게 J처럼 다가가지 못했으므로 욕심부리지 않기로 했다. 그저 J가 좀 더 자주 놀러 오고 오래 머물다 가기를 바랐다. 경주는 J의 댓글에 다음에 같이 카페에 오자고, 이따 만나자고 썼다.

미스 제이니가 자리에 없어서 둘러보니 카페의 유리문 밖에 서 있었다. 통화하는 미스 제이니의 미간에 주름이 깊게 잡혔다. 카페에 온 뒤로 저렇게 심각한 표정을 짓고 있는 건 처음 보았다. 미소가 사라진 미스 제이니의 얼굴이 꽤 쓸쓸해 보였다.

퇴근 시간만 기다리고 있다. 오늘은 이거 어때.

어린이집에서 지우를 데리고 나오는데 J가 매운 떡볶이 사진을 보냈다.

좋지. 완전 맛있겠다.

J가 오는 날 경주는 죄책감 없이 배달 음식을 주문했다. 오랜만에 친구가 놀러 온다는 사실이 배달 음식이 풍기는 불성실함의 뉘앙스를 기대감으로 바꾸었다. J가 도착하는 시간에 배달되도록 미리 주문해두었다.

J보다 음식이 먼저 도착해서 주먹밥을 만들어 지우 앞에 놓아주고 테이블 위에 음식을 꺼내놓았다. J가 오자마자 식탁에 앉아 입김을 후후 불어가며 매운 떡볶이를 먹었다. J가 주먹밥을 집는 아이의 손과 김이 오르는 떡볶이를 휴대폰으로 찍었다. 이모와 놀겠다는 걸 겨우 달래 소파에 앉힌 뒤 애니메이션을 틀어주었다. 식탁에 남은 두 사람은 맥주캔을 꺼내 건배했다. 한 모금 시원하게 들이켜면서 그토록 기다리던 어른의 시간이 시작되었다.

—카페 사진 보니까 좋더라.

J의 말에 경주는 카페 제이니의 분위기와 선곡, 짙은 나무 향이 나는 핸드워시와 그 향이 불러온 독신의 기억과 미스 제이니에 대해 얘기하고 싶어졌다. 예전에는 작은 카페가 싫었는데 요즘은 아

늑한 곳에 마음이 간다는 얘기도. 그러니까 자기 안의 변한 부분과 여전한 부분에 대해 말하고 싶었다.

경주가 미스 제이니의 취향과 센스에 대해 얘기하는 동안 J는 피곤한지 술기운이 오르는지 표정이 뚱했다. 경주는 J의 얼굴을 살피며 요즘 구직 활동 중이라고 털어놓았다.

—그래서 카페에 가는 거야.

—아.

J가 고개를 끄덕거렸다.

—집에만 있으려니까 답답하지.

J의 말에 경주는 고개를 끄덕거리다가 멈추었다. 그건 답답함이라기보다는 막막함에 가까웠다. 아이는 성장과 함께 앞으로 나가는데 자신은 인생의 어느 구간을 맴돌고 있는 것 같았다.

—지우도 어린이집에 다니니까. 일하고 싶어. 돈도 벌고 싶고…… 나만 갈 데가 없는 것 같아.

—그래. 시간도 생겼으니까 뭐라도 하는 게 낫겠다.

—경단녀가 다른 사람 얘기인 줄 알았는데 그

게 나더라. 요즘은 집에서 나를 경단이라고 불러.

J가 큭큭거리며 웃었다.

—너 복직하는 거 무섭다며.

—그랬지.

재취업이 어려워도 경주는 아이를 낳은 뒤 복직하지 않은 걸 후회하지는 않았다. 그때는 일하는 게 두려웠고 할 수 없을 것 같았는데 이제는 하고 싶고 할 수 있을 것 같아 찾아보는 중이었다. 경주가 재취업을 준비한다고 얘기하자 엄마와 동생도 각기 다른 반응을 보였다. 동생은 왜 복직을 안 하고 퇴사했느냐며 눈을 흘겼고, 엄마는 애 키우면서 출퇴근하는 게 보통 일이 아니다, 좀 다니다 그만둔다고 하지 말고 그냥 애나 잘 키우라고 했다. 가족들도 경주를 변덕스러운 사람 취급했다. 상황이 달라지면 마음도 변할 수 있는 거 아닌가. 그녀는 이제야 일하고 싶어진 마음에 대해, 일할 수 있을 것 같은 기분에 대해 어떻게 설명해야 할지 알 수 없었다.

—우리 팀 대리는 애 낳고 복직했는데 우편물 요금 받는 걸 자꾸 잊어버려. 애 낳기 전에는 일 진

짜 잘했었는데.

J는 건망증 얘기를 꺼내며 안타까워했다. 경주는 면접 가능하냐는 전화 받았던 얘기를 하며 시간이 지나니 후회된다고 털어놓았다.

—무조건 된다고 할 걸 그랬나 봐. 그런데 근무시간 명시해놓고 전화로 주말 근무 얘기하는 건 좀 너무하더라. 나도 회사 다닐 때 그런 전화 해봤지만 진짜 별로인 것 같아.

자기 자리가 아니고 갈 수 없다는 걸 아는데도 미련이 남았다.

—잘했어. 그런 회사는 피하는 게 좋아.

J가 손을 저었다. 그러면서 요즘은 다 힘들다고 했다. 스펙 좋은 사람도 취업하기 힘들고 괜찮은 경력을 쌓은 사람도 옮기기 어려워서 몸을 사린 채 가만히 붙어 있다고 했다. J는 빈 맥주캔을 내려놓았다.

—넌 생활비를 벌어야 되는 건 아니니까 파트타임으로 일해도 되잖아. 근처에 카페나 마트도 많고.

자기는 파트타임으로 일하고 싶어도 그럴 수 없

다고 했다.

　―나는 나를 책임져야 되잖아, 평생. 나를 책임
질 사람이 나밖에 없잖아.

　J가 답답하다는 듯 손바닥으로 가슴을 두드렸
다. 얼굴이 붉고 혀가 좀 꼬인 것 같았다.

　―……다 힘들지. 나는 한 살이라도 젊을 때 다
시 시작해보려는 건데…… 쉽지 않네.

　경주는 웃으려고 입술을 움직였는데 웃는 얼굴
처럼 보였는지는 알 수 없었다. 자신은 J가 말하는,
다 힘들다는 사람들의 궤도 밖에 서 있는 것 같았다.

　―뭐라도 시작해. 제대로 된 일 찾으려다 아무것
도 못해. 집에만 있다가 우울증 걸리면 어쩔 거야.

　―그렇지.

　경주는 울음을 참는 기분으로 고개를 끄덕거렸
다.

　J와 재취업과 경력 단절에 대한 얘기를 나누는
동안 경주의 마음 한쪽에서는 셔터가 천천히 내려
왔다. 안과 밖이 훤히 보이지만 저쪽의 말이 이쪽
으로 들어오지 못하고 안에 있는 말이 밖으로 흘
러 나가지 않았다.

헤어질 때까지 둘 사이는 평소와 비슷했다. 맥주를 마시며 과일과 마른안주를 먹었고 취업 얘기를 지나 음식과 건강에 대해 얘기했고 평소와 비슷한 시간에 자리에서 일어났다. 잘 먹고 가. 조심해서 가. 가방을 챙기고 인사를 나눈 뒤 문을 열어 배웅했다.

—아아, 이모가 갔어.

손을 흔들고 난 지우의 얼굴에는 아쉬움과 졸음이 가득했다. 경주는 바닥까지 내려온 셔터에 대해 생각해볼 겨를도 없이 아이를 데리고 들어가 씻기고 옷을 갈아입혔다. 자리에 눕힌 뒤 지우의 가슴을 규칙적으로 토닥이며 비로소 J와 자신을 가르는 것에 대해, 마음에서 쑥 빠져나가 저만치 떠나가버린 것에 대해 생각해보았다. 파트타임 일을 알아보라는 J의 말은 경주의 전공과 15년 가까이 쌓아온 경력을 옆으로 치워버렸다. 일부러 그런 건 아니겠지만 망설이거나 안타까워하는 것 같지도 않았다. 그래도 너는 돈을 벌어다 주는 가족이 있으니 상대적으로 덜 힘든 게 아니냐는 뉘앙스가 느껴졌다.

J와 맥주를 마시며 재취업에 대한 얘기를 나눌 때 공기의 흐름이 미묘하게 경직됐던 게 떠올랐다. J의 얼굴에서 웃음이 천천히 걷혔고 두 사람은 잠시 대화를 멈췄다. 그때 자신이 어떤 표정을 지었는지는 기억나지 않았다.

　이전에도 J와 이야기 하다 서로의 입장과 관점이 달라서 분위기가 어색해진 적이 있었다. 한 달 전인가, J가 우체국에 오는 이상한 사람들에 대해 얘기하다 유아차를 밀고 온 젊은 여자 얘기를 꺼냈다.

　—아직도 그 여자 얼굴이랑 목소리가 생생해.

　비가 올 것처럼 하늘이 꾸물거리고 우체국에는 시간을 보내러 온 노인들 몇이 창구 앞 의자에 앉아 있었다. 그중에는 매일 우체국에 와서 예금을 확인하는 사람도 있고 보험에 가입할 것처럼 이것저것 물어보지만 1년째 고민만 하는 사람도 있었다. 오후가 되자 우체국 안에는 오후의 나른함과 습기가 떠다녔다. 자동문이 열리고 젊은 여자가 유아차를 밀며 들어섰을 때 사람들은 천천히 그쪽으로 고개를 돌렸다. 챙이 큰 모자를 벗은 여자의 이마에는 땀에 젖은 머리카락이 몇 가닥 붙어 있었고 얼굴은 열기로 붉었다. 창구에 앉아 있던 J는 모자로 부채질을 하며 우체국 안을 둘러보는 여자를 보았고 그녀의 눈동자가 불안정하게 흔들린다는 느낌을 받았다.

─사람 상대하는 일을 오래 하다 보면 그런 촉이 생기거든.

그 말을 하던 J의 표정에 권태로움이 묻어났다.

눈이 마주치자 여자는 J의 앞에 와서 섰고 등기를 찾으러 왔는데 어디서 받아야 하느냐고 물었다. J가 2층 소포실로 가라고 안내하자 여자는 유아차 손잡이를 잡은 채 어깨를 크게 한 번 들썩거렸다. 그리고 온 얼굴의 근육을 움직이면서 말들을 쏟아내기 시작했다. 대체 왜 등기를 2층에서 받아야 하느냐, 이 건물에는 왜 엘리베이터가 없느냐, 지금 나더러 유아차를 끌고 2층까지 올라가라는 거냐, 노약자에 대한 배려가 왜 이렇게 없는 거냐. 여자의 목소리는 크고 떨렸다. 등기 수령이 목적이 아니라 뜨겁고 출렁거리는 말들을 쏟아내려고 우체국에 온 것 같았다. 다행히 유아차 안의 아이는 잠들어 있었다. J는 자신이야말로 어깨를 크게 한 번 들썩이고 싶었다. 속에 차오르는 한숨을 한 번 뱉어내고 나면 응대할 힘이 생길 것 같았다. J는 속으로 아아, 소리를 냈고 밖으로는 최대한 친절한 목소리를 끄집어내 그럼 신분증과 보관증을 주면 자신이 찾아다 주겠다고 했다. 여자가 J의 얼굴을 쳐다보며 어이없다는 표정을 지었다. 뭘 믿고 당신에게 신분증을 맡기겠냐며 찾아다 줄 필요 없고 이 우체국에 엘리베이터가 없는 게 문제라고 했다. 뒤에 앉아 있던 과장이 나와서 여자에게 공공 건물과 건축법상 엘리베이터 규정에 대해 설명했다. 그런 다음 신분증을 맡기기 어려우면 잠시 아이를 보고 있을 테니 2층에서 등기를 찾아오라고 했다. 여자는 유아차 손잡이를 꼭 잡은 채로 발을 세게 한 번 굴렀다.

—지금 말이 되는 소리를 하세요. 처음 보는 사람한테 애를 어떻게 맡겨요.

J는 그 목소리가 한동안 머릿속에서 재생되었다고 했다. 말이 되는 소리를 하세요. 핀볼의 작은 쇠구슬이 여기저기 부딪치며 돌아다니듯 오랫동

안 그 말을 하던 표정과 억양이 머릿속을 헤집고 다녔다는 것이다.

J는 여자를 겨우 설득해서 자신이 대신 2층에서 등기 서류를 찾아왔다. 봉투를 받은 여자는 무언가 훅 꺾인 얼굴로 지금은 그냥 가지만 엘리베이터는 꼭 해결해야 할 거라고, 자신이 가만히 있지 않을 거라고 말하며 돌아갔다.

J는 기분이 나쁘긴 했어도 마무리를 잘한 것 같고 자신의 촉이 틀리지 않았다는 것도 확인해서 조금 마음이 놓였다. 그 정도의 일은 흔하고 힘든 축에 끼지도 않았다. 가만히 있지 않겠다는 사람들도 문제가 해결되면 대체로 잠잠해졌다.

—문제는 그게 끝이 아니었다는 거지.

공포 영화의 예고편을 전하듯 J의 목소리와 표정이 바뀌었다.

—그 여자가 우리 우체국에서 있었던 일을 다음 날 국민 신문고에 올린 거야. 내 이름이랑 과장 이름까지 다 걸고넘어지면서.

자기가 한 말은 쏙 빼놓고 우리가 엄청나게 파렴치한 인간들인 것처럼 써놨더라고. 그런 게 사람을 미치게 만드는 거야. J의 얼굴에는 경멸이 가득했다. 거기에도 써놨어. 말이 되는 소리를 하라고. 가만히 있지 않을 거라고. 자기한테 정식으로 사과하라고.

경주는 J가 느꼈을 황당함과 불쾌함을 충분히 짐작할 수 있었다.

─그런 사람들은 자기만 옳다고 생각해. 자기 시간, 자기 감정만 중요해.

J는 그 일을 방금 겪고 온 것처럼 생생하게 분노했다.

─자기는 엄청 정의로운 사람이라 불공정하고 불공평한 걸 참지 못하고 잘못된 건 지적해야 직성이 풀린다는 거지. 누군가 뭘 잘못하면 가만히 두질 않는 거야.

─글까지 올리는 건 너무했다.

─그렇게 정의로운 인간들이 사람에 대한 배려가 없어. 서비스직에 종사하는 사람들한테는 막 대해.

예전에 J가 자신은 우편물을 다루는 공무원인 줄 알았더니 서비스직이었다고 했던 푸념이 떠올랐다.

—애도 있는 사람이 어떻게 그러는지.

이상한 여자가 애를 낳은 건지, 애를 낳고 이상해진 건지 알 수가 없어. J가 고개를 저었을 때 경주는 얘기가 엉뚱한 방향으로 흘러간다고 느꼈다. 화제가 이상한 사람들 때문에 일하는 게 힘들다,에서 애가 있는 미친 여자로 옮겨간 것 같아 찜찜했다. 경주는 J가 자신에게 뭔가 돌려 말하고 싶은 건가, 잠시 의심했다. 그때 경주와 J 사이에 잠시 어색한 침묵이 오갔지만 남한테 피해주지 말고 잘 살자, 라는 말과 함께 건배로 마무리했다. 떨떠름한 감정은 맥주와 함께 목 안쪽으로 삼켰다. 경주는 자신이 불편한 순간을 잘 넘겼다고 생각했다.

이번에도 크게 다르지 않을 거라고, 별일 아니기를 바라며 대화를 나눴지만, 취기 탓이었는지 경주는 말이 많아졌다. 인구 감소한다고 미래 걱정하면서 애 낳은 여자들은 회사에서 채용도 안하고 경단녀라고 부르면서 일도 못하게 하는 거 너무해, 라고 목소리를 높이던 자신의 모습이 떠올랐다. 자신이 그때의 J나 우체국에 온 여자처럼 보였을 거라는 생각이 들자 우울해졌다.

경주는 잠든 지우 옆에 누워 눈을 감았다. 처음에는 J의 말, 그 안에 담긴 편을 가르는 듯한 뉘앙스 때문에 속상했다. 재취업하려면 결국 편의점 알바나 식당, 카페의 서빙과 마트 계산원, 텔레마케터 같은 일을 알아봐야 한다는 현실도 받아들이기 힘들었다. 그런데 시간이 지날수록 비참하게 만드는 대상과 범위가 확장되었다. 그런 일을 하는 사람은 따로 정해져 있다고 선을 그어왔던 자신의 민얼굴과 마주하는 것이 더 고통스러웠다. 자신이 괜찮은 인간이라고 생각했을 때는 상처받은 줄 알고 억울했는데 형편없는 인간이라는 걸 깨닫게 되자 다른 방식으로 고통스러웠다. 자신도 모르는 사이에 J에게 선을 가르는 말을 하고 소외감을 느끼게 했던 건 아닌지 어둠 속에서 돌아보았다. 그러자 J가 식탁에서 했던 말을 이해하고 싶고 자신도 이해받고 싶어졌다. 서운함과 부끄러움은 해결되지 않았지만 더 이상 친구를 잃고 싶지 않았다. 삶의 중요한 시기를 지날 때마다 친구라고 부를 만한 사람들이 줄어들었다. 이제 누군가와 가까워질 가능성은 별로 없고 친구라 해도 좋을 만한 관계를 지속해나가는 것도 어려웠다. J가 자신을 배려하지 않은 것에 대해 서운해하는 것보다 자신 역시 이기적인 존재이므로 이해하고 지나가는 쪽을 선택했다. 경주는 셔터를 들어 올릴 준비를 마쳤다.

경주는 지우를 어린이집에 데려다준 뒤 바로 제이니로 출근했다. 새벽에 잠들어서 피곤했지만 제이니에 퍼져 있는 커피 향기를 맡으니 새로운 하루가 시작됐다는 게 실감났다. 경주는 아로마 핸드워시로 손을 꼼꼼히 씻고 나와 커피를 주문했다. 좋아하는 냄새와 음악 속에서 천천히 마음을 회복해나갔다. 커피를 내리는 미스 제이니의 얼굴은 평소처럼 평온했고 주름이 자연스럽게 잡힌 린넨 셔츠가 잘 어울렸다. 경주가 어떤 상태로 와도 제이니는 변하지 않는 모습으로 그 자리에 있다는 게 위로가 되었다. 뜨거운 커피를 몇 모금 마시며 괜찮고 괜찮아질 거라는 마음을 끌어올렸다.

구직에 대한 의욕은 시들해졌지만 경주는 평

소처럼 구직 사이트를 둘러본 뒤 이력서를 몇 군데 발송했다. 그런 다음 SNS에 접속해서 피드 창을 둘러봤다. 사람들의 사진과 글이 시간의 흐름과 함께 정렬되어 있고 경주는 J의 게시물을 찾기 위해 아래쪽으로 내려갔다. 어제 와줘서 고맙다는 말과 이 만남과 우정이 계속되길 바란다는 마음을 하트와 댓글로 표현하고 싶었다. 메시지를 보내는 것보다 댓글로 남기는 게 자연스러울 것 같았다.

J는 출근 전에 잠깐 들른 카페 내부와 음료 사진을 올렸고 피곤하다. 요즘은 당 떨어지는 일뿐. 카페인 충전하고 힘내자, 라고 적어두었다. 경주의 집에 왔다 간 뒤 올린 게시물은 그것뿐이었다. 그동안에는 돌아가는 길이나 새벽, 늦어도 오전에는 같이 먹은 음식과 맥주, 지우의 사진을 올리곤 했는데 이번에는 아무것도 없었다. 당 떨어지는 일이라는 문구도 마음에 걸렸다. 경주는 의아함을 비집고 나오는 서운함을 붉은색 하트 표시로 지그시 눌렀다. 그런 뒤 지난 달, 두 달 전, 석 달 전에 J가 집에 왔던 날 올린 게시물을 찾아보았다. 예전에도 놀러온 뒤에 사진을 올리지 않은 때가 있었을지

모른다고, 그걸 찾아내고야 말겠다는 오기 같은 게 발동했다.

J의 게시물은 많았고 대부분 어딘가에서 누군가와 무언가를 먹는 사진이었다. 한참 뒤졌는데도 경주는 원하는 걸 찾아내지 못했다. 지난 1년 동안 J는 경주의 집에 왔다 간 다음 날 오전에는 꼭 사진을 올렸다.

경주는 휴대폰을 내려놓은 뒤 화장실에 가서 손을 씻었다. 거품을 내 천천히 오래 문지른 뒤 물기를 닦고 손에 남은 잔향을 깊이 들이마셨다. 자리로 돌아와 노트북의 바탕화면을 띄웠다. 규모를 가늠할 수 없는 우주와 너무 작은 지구와 그 안에 사는 몇십억의 인류와 자신에 대해 생각했다. 가끔은 검고 광활한 하늘 안에 진짜 지구가 있다는 것도, 자신이 발을 디디고 있는 이 땅이 저 작고 푸른 별이라는 사실도 믿어지지 않았다. 그래도 지구는 작은 별이고 인간은 찰나를 살 뿐이라고 되뇌었다. 그녀는 어느새 40년 넘게 살았고 지나온 시간을 돌아보면 몇 개의 장면만 떠오를 뿐이었다. 남은 인생은 어쩌면 그 정도이거나 그보다 더 짧을 가능성이 컸다. 그렇게 생각하면 이 삶에 거리감이 생기고 지금의 문제에 대해 너그러워졌다. 그 감각을 잊지 않으려고 애쓰며 남은 커피를 마셨다.

점심시간이 되면서 미스 제이니는 주문을 받고 커피를 내리고 샌드위치를 만들며 분주하게 움직였다. 손님이 많을 때나 한두 사람이 주문할 때나 미스 제이니가 일하는 속도는 비슷했다. 손은 빠르지만 서두르거나 허둥대지 않았다. 손님들이 주문하려고 줄을 서 있거나 음료를 기다리며 서성이는 걸 보면 가끔은 경주의 마음이 더 조급해졌다. 옆에 가서 주문이나 포장을 도와주고 싶어졌다. 커피머신 작동법을 배우거나 바리스타 자격증을 따둘까, 싶은 마음까지 생겼다.

이력서를 보내지만 재취업의 가능성은 안드로메다에나 있는 것 같았다. J의 충고대로 집에서 가까운 카페나 편의점에서 일하면서 차비, 밥값, 출퇴근 시간을 줄이는 게 현실적인 방법일 수도 있었다. 그런 생각에 도달하자 자신의 일과 일터를 가지고 있는 미스 제이니가 부러워졌다. 대로변에서 한 블록 안으로 들어오는 위치이긴 해도 오픈 지 석 달 만에 카페에는 단골들도 제법 생겼고 근처에 아파트 단지가 있어 잠재 고객이 많았다. 경주는 미스 제이니의 옆에 서서 같이 일하는 상상을 하다가 점차 미스 제이니의 자리에 자신의 모습을 넣어보았다. 혼자 일을 한다거나 카페를 운영하는 것에 대해 생각해본 적이 없지만 할 수 있는 일의 범위가 확장된다면 좋을 것 같았다.

커피를 한 잔 더 주문하려고 지갑을 챙기는데 어린이집에서 전화가 왔다. 선생님은 지우가 열이 난다며 38도인데 지금 바로 오실 수 있느냐고 물었다. 경주는 한 손으로 짐을 챙기며 지금 데리러 가겠다고 대답했다.

—지우는 상태가 좀 어때요?

—다른 친구들은 놀이방에서 놀고 지우는 힘들다고 해서 교실에 누워 있어요.

—엄마가 금방 갈 거라고 전해주세요.

전화를 끊고 일어서며 경주는 심호흡을 했다. J의 게시물에 신경 쓰고 카페의 임대료가 얼마고 하루 수익이 얼마인지 머릿속으로 계산하던 자신에게서 서둘러 빠져나왔다.

지우를 데리러 가는 동안, 어린이집에서 나와 같이 병원으로 가는 동안, 경주는 지우가 많이 아프지 않고 전염성이 없는 단순한 감기이기를 간절히 바랐다.

의사는 체온을 재고 지우의 귀와 코와 입 안과 목을 차례로 살펴봤다. 지우는 미열이 있고 손과 발이 약간 붉긋했다. 의사가 손바닥을 유심히 살피더니 수족구 판정을 내렸다. 세 살 때 봄에 이어 두 번째 발병이었다. 의사가 무심한 얼굴로 수족구네요, 라고 말했을 때 경주는 눈을 질끈 감았다가 떴다. 의사가 소독제로 손을 닦으며 전염성이 강하니 당분간 어린이집이나 사람 많은 곳에 가지 말라고 했다. 경주는 지우를 꼭 끌어안았다. 자신이 얼마나 그 진단을 두려워하고 제발 수족구만은 아니기를 간절히 바랐는지 스스로에게 놀랄 지경이었다.

집에 와서 지우에게 죽을 만들어 먹이고 약을 먹인 뒤 동화책을 읽어주었다. 아이가 장난감을 가지고 노는 동안 노래를 틀어주고 빨래를 개고 같이 역할극 놀이를 한 다음 다시 밥을 먹였다. 주말을 제외한 5일 동안은 집에서 둘이 버텨야 했다. 아픈 기색 없이 잘 노는 지우를 보며 경주는 자신이 워킹 맘이었으면 어쩔 뻔했나 싶어 가슴을 쓸어내렸다. 양가 부모님 모두 지방에 계셔서 급한 일이 생기면 맡길 곳도 부탁할 사람도 없었다. 이 일을 만나려고 그동안 취업이 안 됐던 건지도 모른다며 스스로를 위로했다. 경주는 머릿속으로 5일 동안의 플랜을 짰다. 집으로 놀러와줄 사람이 두 명만 있어도 좋을 텐데. 그러자 어쩔 수 없이 J생각이 났고 J를 떠올리자 다시 울적해졌다.

집에서 지내는 동안 매일 지우의 아침 겸 점심과 간식과 저녁을 다 챙겼다. 식후 30분마다 약을 먹이고 수시로 아이의 열을 재고 손의 발진을 살폈다. 아이와 같이 지내는 시간은 큰 돌을 밀어 옮기는 것처럼 더디게 움직였다. 지우는 블록과 역할 놀이에 푹 빠졌고 무엇이든 엄마와 같이 하려 했다. 경주는 옆에 앉아 같이 놀다가 화장실에 가겠다는 핑계를 대고 양변기에 걸터앉아 잠깐씩 허리를 폈다. 아이가 혼자 그림책을 보거나 인형이나 블록을 갖고 노는 동안 경주는 완전히 혼자는 아니지만 말하지 않아도 되고 가만히 있어도 되는 상태에 머물 수 있었다. 지우가 자신을 찾지 않을 때 식탁에 앉아 조심스럽게 커피를 탔다. 하지만 언제나 커피 한 잔을 다 마시기 전에 다시 놀이로 복귀해야 했다.

혼자 육아를 하다 보면 어린아이는 중요하지만 당장 쓸 일이 없고 파손되기 쉬운 물건들이 잔뜩 든 가방처럼 느껴졌다. 모양도 제대로 잡히지 않아서 가만히 서 있지 못한 채 자꾸 옆으로 넘어지고 가방 안에 든 것들은 깨지기 쉬워서 조심스럽게 다뤄야 한다. 잃어버리거나 상처가 나지 않도록 열심히 보살피고 돌봐야 하지만 엄마 혼자 그걸 감당하는 게 벅차다.

나이 든 분들은 지금 좀 힘들어도 아이는 꼭 필요하다고, 우리 사회에 아이가 없어서 어떡하느냐며 걱정한다. 그런데 밖에 나가 보면 이 사회의 시스템 자체가 아이를 원하지 않는다는 인상을 받았다. 버스나 지하철을 탈 때, 길을 건널 때, 음식점과 가게 안에서 경주는 아이를, 약자를 견디기 힘들어하는 보통 사람들의 시선을 느꼈다. 사람들은 아이의 미숙함과 번잡함을 기다려주고 참아줄 여유가 없었다. 직장에서는 아이를 낳아서 업무에 공백을 만들까봐 면접 때 임신 여부를 묻고, 아이를 낳고 일하려고 하면 육아 때문에 업무에 지장을 줄까 염려하며 애 봐줄 사람이 있느냐고 묻고 없으면 제외시킨다. 그러면서 왜 결혼을 안 하고 애를 안 낳느냐고 묻는다. 아이 문제뿐 아니라 그런 일들이 도처에 널려 있었다. 그런 부조리한 일들에 대해 생각하면 피로해졌다.

지우가 머리카락을 만지작거리며 하품하는 걸 보고 경주는 마시던 커피를 내려놓았다. 낮잠 자러 가자, 하고 방으로 데려가 눕힌 뒤 가슴을 토닥토닥 두드렸다. 지우는 눈이 반쯤 감긴 상태에서도 몸을 이리저리 뒤척거리며 잠들지 않으려고 애썼다.

—졸리면 자야지.

—안 잘 거야. 엄마랑 놀고 싶어.

지우가 고개를 저으며 경주의 가슴을 파고들었다.

아이를 재운 뒤 커피도 마시고 드라마도 보고

싫었던 경주는 짜증이 올라오는 걸 지그시 눌렀다.

—푹 자야 낫지.

경주는 제법 단단해진 아이의 몸을 끌어안았
다. 뺨과 뺨을 부빈 뒤 촘촘하고 긴 속눈썹과 동그
랗고 통통한 뺨을 들여다보았다. 자신을 닮았는데
자신이 아닌, 완전히 새로운 생명체가 살아 숨 쉬
고 있었다. 지우를 품에 안고 머리를 쓰다듬었다.
그러는 동안 먹구름이 찬찬히 걷히며 파란 하늘이
드러나듯 방금 전의 짜증이 뭉클함으로 전환되었
다. 이렇게 예쁜 아기가 어디에서 왔을까, 하고 묻
자 지우는 엄마, 엄마지, 하며 웃었다.

—우리 지우, 엄마한테서 왔구나.

경주는 아이와 코를 부빈 뒤 더 꼭 끌어안았다.
몇 분 전의 회의와 짜증이 이렇게 빨리, 이토록 따
뜻하고 출렁이는 순간으로 전환될 수 있다는 게
여전히 불가해했다. 아무 틈도 없이 온전히 몸과
마음이 닿고 밀착된 것 같은, 둘만 남고 세상이 다
지워진 것 같은 느낌이 드는 게 어떻게 가능한지
알 수 없었다. 그런 순간 때문에 피로와 고단함 속
을 지나가는 것 같았다. 여러 번의 연애를 해봤지

만 지구상의 어떤 존재와도 이런 교감을 가져본 적이 없었다. 아이만이 찰나지만 그렇게 벅차고 불가해한 순간을 선사했다.

경주는 잠든 지우에게 이불을 덮어준 뒤 자는 모습을 바라보았다. 너는 누구고 어디에서 온 거니. 자신과 주원에게서 왔지만 아이는 전혀 다른 존재이고, 타인이면서도 거의 자신인 존재였다. 배 속에서 이어지던 탯줄은 사라졌는데 여전히 보이지 않는 탯줄로 연결된 느낌이었다. 지금은 조금 짧고 가깝게 느껴지는 줄이 아이가 자라면서 점점 길어지고 멀어지겠지. 사춘기를 지나면 아이는 이 보이지 않는 연결을 버거워할까. 지우가 혼자 놀거나 자는 모습을 볼 때마다 경주는 현재의 구속감과 미래의 상실감을 동시에 느꼈다.

지우의 옆에 눕자 두 달 동안 매일 보냈으나 응답 없는 이력서들이 떠올랐고 휴대폰을 들여다보니 주원의 안부 전화 외에 며칠 동안 의미 있는 전화가 한 통도 도착하지 않았다는 사실이 떠올랐다. 경주는 자신을 위로하기 위해 핸드워시와 핸드크림을 주문했다.

지우가 수족구에 걸린 뒤로 주원은 퇴근 후에 바로 집에 오고 오후 반차도 써서 지우와 놀아주었다. 아빠가 집에 일찍 와서 세 식구가 같이 있는 시간이 늘어나자 아이는 아프니까 좋다, 하며 웃었다. 열기가 남은 울긋불긋한 얼굴로 엄마에게 한 번 아빠에게 한 번씩 기대었다. 경주는 땀 냄새 나는 아이의 머리에 입 맞추었다.

4일째가 되자 지우는 엄마와 같이 지내니까 좋다던 말 대신, 친구들은 지금 뭘 할까 궁금해했고 놀이터에 가고 싶다고 보챘다. 체온도 정상이고 발진도 사라져서 육안으로는 다 나은 것처럼 보였다.

—그럼 동네 한 바퀴만 돌고 오자.

경주는 지우의 손을 잡고 아파트 안을 걷다가 상가 쪽으로 나갔다. 밖에 나오니 신나는지 지우는 폴짝거리며 뛰었다. 마트와 약국을 지나 카페 제이니 쪽으로 갈 때 경주는 걸음이 느려졌다. 지우의 완치 판정을 간절히 바라는 마음 안에는 제이니의 창가에 앉아 음악을 들으며 커피를 마시고 싶다는 욕망이 포함돼 있었다. 창문 너머에서 미스 제이니가 커피를 내리는 모습이 보였다. 하루만 더 버티면 의사에게 어린이집에 보내도 좋다는 얘기를 들을 수 있었다.

밤에는 지우를 재운 뒤 소파에 앉아 SNS에 접속했다. 하루 동안 사람들이 올린 일상과 세상 돌아가는 소식을 접하며 궁금증도 해소하고 아주 멀리 떨어져 있는 건 아니라는 위안도 받고 싶었다. 물론 거기 오래 머무는 게 충전이 아니라 남아 있는 소량의 배터리까지 빠르게 소진해가는 과정이라는 것도 알았다. J는 늘 어딘가에 가서 누군가를 만나고 무언가를 먹거나 보았다. 경주와 만나던 시간과 저녁 메뉴가 이미 다른 사람으로 교체된 듯했다. 함께했던 시간과 쌓아왔던 감정이 뭉텅이로 사라지는 것 같았다.

샤워를 하고 나온 주원이 머리의 물기를 털며 경주에게 굿나잇 인사를 했다.

—얼른 자. 피곤해 보여.

—주원 씨.

경주는 소파에 등을 기대며 몇 발짝 앞에 서 있는 주원을 보았다. 가까운 거리인데 닿을 수 없을 것처럼 멀게 느껴졌다.

―왜 그윽하게 불러.

―주원 씨. 나한테 무슨 문제가 있나.

―무슨 소리야. 애 아픈 건 경주 씨 탓이 아니야.

―그것 때문이 아니라…….

―무슨 일 있어?

주원이 수건으로 머리를 문지르다 말고 옆에 와서 앉았다.

―주원 씨. 긴 꿈을 꾸고 있는 것 같아. 깨고 나면 아이가 없던 시절로, 결혼하지 않은 때로 돌아가 있을 것 같아.

경주의 말에 주원이 슬픈 얼굴로 쳐다보았다.

―돌아가고 싶어?

―모르겠어.

―경주 씨. 이게 현실이야. 그런 일은 일어나지 않아.

―알아. 그런데 여기엔 내 자리도 없고 내 사람도 없네.

―왜 그런 생각을 해. 나도 있고 지우도 있는데.

―너네는 가족이잖아. 다 자기 자리도 있고 친구도 있고.

—경주 씨. 많이 힘들구나.

　주원이 경주의 어깨를 감싸 안았다. 두 사람은 어깨와 가슴과 뺨을 맞댄 채 잠시 가만히 있었다. 진한 동지애가 가슴에서 가슴으로 전해졌다. 경주는 주원에게 기대어 조금 울었다. 주원이 자러 들어가고 나면 혼자 눈이 퉁퉁 부을 때까지 울 작정이었다.

　주원이 경주의 어깨를 토닥이면서 여유를 가지고 시간을 좀 길게 잡으면서 뭘 배우거나 시험 준비를 해보면 어떻겠느냐고 얘기했다.

　—너무 조급하게 생각하니까 힘든 것 같아.

　—나이 때문인지 자꾸 조바심이 생기네.

　—인생 길잖아. 지우는 이제 네 살이고 경주 씨도 젊고.

　눈물을 닦으며 경주는 피식 웃었다. 젊다니, 지금 놀리는 거야? 주원의 가슴팍을 툭 쳤다.

　—젊지. 나가서 물어봐. 누가 40대로 보겠어.

　주원이 눈썹을 장난스럽게 움직이며 웃었다.

　—말이라도 고맙네.

　경주는 가족이라는 동지가 남아 있음에 안도하

면서도 앞으로 어떻게 살아가야 하나, 미래를 생각하면 아득해졌다. 인생을 돌아보면 왜 무언가 쌓이는 것 같지 않고 손가락 사이로 빠져나가는 것 같은지. 목적지를 잃은 채 어둠 속을 떠다니는 기분이었다. 생각이 돌고 돌아 어느 때는 괜찮다고 그럴 수 있는 일이라고 받아들였다가 밤이 되어 자리에 누우면 다 자신의 잘못인 것 같았다. 고등학교 친구들과 정리한 것도 J와의 틀어짐도 예전의 동료들이나 친구들과 교류가 뜸해진 것도 자신에게 문제가 있어서인 것 같았다. 친구들에게도 그때 바로 얘기했더라면, 단톡방에서 조용히 빠져나오지 말고 물어봤더라면. 결과는 같을지라도 자꾸 돌아보고 후회하지는 않을 것 같았다. 같은 결말을 피하고 싶어서 J와 주고받은 대화창을 열어놓은 채 망설였지만 패턴을 벗어난다는 게 쉽지 않았다.

일주일 만에 카페 문을 열고 들어가자 미스 제이니의 얼굴에 반가움이 번졌다. 오랜만이시네요, 하며 주문을 받았고 아, 네, 하며 카드와 쿠폰을 건

넀다. 일주일 만에 온 이유에 대해 서로 묻거나 말하지는 않았다. 늘 앉던 자리에 앉아 커피를 마시며 그녀는 일상으로 복귀한 듯한 안정감을 느꼈다. 그녀의 사정이나 공백과 상관없이 카페 제이니의 음악과 커피향은 그대로였다.

미스 제이니의 옷차림을 보니 계절이 달라지고 있다는 게 실감 났다. 일주일 사이에 긴 팔 차림의 니트가 팔꿈치까지 오는 칠부 소매로 바뀌었다.

두 달 만에 처음으로 경주는 구직 사이트에 접속하지 않고 다이어리를 펼쳤다. 원점으로 돌아가 마흔한 살의 나이와 남은 인생에 대해 생각해보기로 했다. 일을 하고 싶다는 계획을 회사나 재취업에 가두지 않고 확장시키되 구체적인 그림으로 만들어보고 싶었다. 평소에 관심 있던 일, 떠오르는 단어들을 다이어리에 두서없이 적어보았다. 홍보, 책자, 마케팅, 자영업, 판매, 인터넷 쇼핑몰, 카페, 공예, 시험…… 단어들은 계속 늘어났지만 가닥이 잡히지 않았다. 경주는 단어들을 쓰고 지우다가 카페 안을 둘러보고 창밖을 내다보았다. 천천히 차분하게 하려는 마음이 필요했다. 화장실에 가서 손을 씻은 다음 같은 향의 핸드크림을 꺼내 발랐다. 깊은 나무 향이 주변을 맴돌았다. 에어컨 바람이 실내 공기를 선선하게 유지시켰다. 미스 제이니는 굵은 실과 대바늘로 모자를 떴고 손님이 들어와서 카운터 앞에 서도 모를 정도로 뜨개질에 몰두했다.

지금의 고민과 막연한 관심에 대해 누군가와 얘기하고 싶어졌다. 주위를 둘러보면 그동안 왜 새로운 친구도 못 만들었나, 시간을 헛되이 보낸 것 같아 속상했다. 문화센터나 놀이터에서도 다른 아이 엄마들과 몇 마디 나누고 가끔 밥도 같이 먹었지만 마음이 쉽게 열리지 않았고 관계도 지속되지 않았다. 지우 또래의 아이 엄마들은 경주보다 대여섯 살 어리거나 나이가 비슷하면 아이가 둘이나 셋이었다. 같은 아이 엄마라도 나이와 경험, 아이의 성별과 형제 관계에 따라 이해와 호감이 달랐다. 아이 친구 엄마가 아닌 한 사람으로 만났으면 친해졌을지 모르지만 아이들끼리 맞지 않아서 가까워지지 못하는 경우도 있고 반대의 상황도 일어났다.

지우가 어린이집에 다닌 뒤에는 얘기가 통하고 오래 만날 친구가 생기지 않을까 기대했다. 같은 동네에 살고 아이들도 동갑이고 같은 교실에서 지내니까 그럴 수 있는 가능성이 높았다. 그런데 경주는 전업주부와 일하는 엄마들 사이에 끼어서 어정쩡하게 지냈다. 주어진 시간표는 전업주부들과 같아서 제시간에 아이를 데려다줄 수 있고 경제활동을 하지 않으니까 저녁까지 원에 맡기지 않고 직접 하원시킬 수 있지만 머릿속은 다시 일해야 한다는 생각으로 가득 차 있어서 양육이나 교육에 적극적으로 매달리지 않았다. 어른이 되어 친구를 사귀는 게 어려워지는 이유는 한 사람의 어른 안에 너무 많은 조건이 담겨 있기 때문인 듯했다.

경주는 다이어리와 커피 잔이 놓인 테이블을 바라보며 휴대폰을 만지작거렸다. 누군가에게 조언을 구하고 답을 얻고 싶다기보다 자신이 다른 방향으로 무언가를 쏘아 올리려 하고 있다는 것에 대해 얘기를 나누고 싶었다. 지금은 미스 제이니와 자신이 카페 주인과 손님의 자리를 지키고 있고 서로에 대해 아는 게 없지만 얘기 나눌 기회가 생긴다면 친구처럼 지낼 수 있을지도 모른다는 기대가 생겼다. 새로운 사람을 사귈 수 있는 가능성이 희박한 상태에서 그런 상상은 소중했다.

테이블 위에 코바늘과 털실 뭉치가 놓여 있고 미스 제이니는 유리창 밖에서 통화 중이었다. 미간에 깊은 주름이 생겼다가 사라졌다. 무슨 일이 생긴 것 같기도 하고 슬픈 얘기를 듣고 있는 것 같기도 했다.

경주는 카페에서 나와 도서관 쪽으로 걸어갔다. 지우를 데리러 가기 전에 도움받을 만한 책을 몇 권 고르기로 했다. 막힌 생각을 뚫고 시야를 넓히려면 책을 보는 수밖에 없었다. 언제나 1층의 어린이 열람실에서 지우의 책만 몇 권 빌려 돌아왔는데 오랜만에 2층에 올라가 책장이 죽 늘어서 있는 서가에 들어서니 가슴이 뛰었다. 경주는 서가의 이쪽 끝에서부터 저쪽 끝까지 천천히 걸었다.

평소보다 10분 일찍 카페에 도착했는데 카페 제이니의 문은 닫혀 있었다. 출입문에 붙어 있는 오픈 시간은 아침 10시, 닫는 시간은 저녁 9시였

다. 그동안 11시 30분 출근을 지키려고 애썼지 오
픈 시간에 대해서는 신경 써본 적이 없다. 경주가
왔을 때 제이니의 문은 늘 열려 있었고 실내에는
커피 향이 진하게 번져 있었다. 늦게 연다거나 하
루 쉰다는 쪽지가 붙은 적도 없었다. 손님들 몇이
불 꺼진 카페 안을 기웃거리다 발길을 돌렸다. 경
주는 혹시나 하는 마음으로 문 앞에 서 있었다. 도
서관에서 빌려 온 책이 여러 권 들어 있어 평소보
다 가방이 무거웠다. 카페 앞에 10분 정도 서 있다
가 대로변으로 나갔다.

　점심시간의 프랜차이즈 카페는 북적거리고 빈
자리가 없었다. 경주는 난감한 마음으로 카페 안
을 둘러보다가 창가에 일렬로 앉아 있는 사람들
사이에 끼어 앉았다. 제이니에서 발길을 돌려 세
군데의 카페에 들어갔지만 자리를 잡지 못했다.
더 이상 카페를 찾아다니는 일로 시간을 낭비하고
싶지 않았다. 바로 옆에 앉아 있는 사람의 전화 통
화하는 목소리에 신경 쓰지 않으려고 애쓰며 책을
펼쳤다. 카페 안에 뭉근하게 퍼져 있는 소음을 피
하기 위해 이어폰을 꼈다.

다음 날 오전에도 제이니의 문은 굳게 닫혀 있었다. 문 앞에는 여전히 아무것도 붙어 있지 않았다. 병원 유니폼을 입은 여자 둘이 와서 잠긴 문을 당겨보고 유리창 안을 들여다보다가 돌아갔다. 그녀들에게 어제 오후에는 문을 열었는지 물어보려다가 타이밍을 놓쳤다. 경주는 문 앞에 서서 10분 정도 기다렸다. 어째서 10분인지는 알 수 없었다. 10분이면 미스 제이니가 나타날 거라고 여겼다기보다 단골로서 그 정도는 기다려야 할 것 같았다.

경주는 닫힌 문 앞에서 불 꺼진 카페 안을 들여다보았다. 빛을 잃은 라탄 전등과 고동색이지만 거의 검은색으로 보이는 테이블과 의자를 눈으로 훑었다. 사람이 없고 어둑한 카페 실내는 며칠 전과 달라보였다. 경주는 자신이 자주 앉던 자리와 미스 제이니가 책을 읽고 뜨개질을 하던 자리를 유심히 보다가 휴대폰 카메라에 담았다.

경주는 동네에 있는 다른 프랜차이즈 카페로 갔다. 전날 갔던 카페보다 손님이 적어 책을 읽기 편했다. 구직 활동을 하지 않으니 기대할 일이나 상처받을 일 모두 생기지 않았다. 2층 창가에 앉아

이어폰을 끼고 음악을 들으며 도로와 도로 위를 오가는 차들을 내려다보았다. 마음은 편하지만 조금 빈 것 같고 궤도를 수정해야 하는데 어디로 가야 할지 몰라 서성거리는 기분이었다.

3일째 되는 날 카페 문 앞에는 '개인 사정으로 ○일부터 ○일까지 일주일 동안 쉽니다. 죄송합니다'라고 적힌 종이가 붙어 있었다. 개인 사정이라는 문구가 눈에 띄었다. 무슨 일이 있나. 경주는 미스 제이니도 걱정되었지만 일주일 동안 어느 카페에서 시간을 보내야 하나 고민되었다. 그냥 집으로 갈까 하다가 다른 카페를 찾아다녔다. 집과 제이니만 왔다 갔다 할 때는 그냥 지나쳤던 동네의 작은 변화들을 읽을 수 있었다. 한 블록 앞의 작은 카페에서는 테이크아웃 커피 할인 행사를 시작했고 대로변에는 2층 규모의 프랜차이즈 카페의 오픈을 알리는 플래카드가 붙어 있었다.

전날 왔던 카페의 창가에 앉아 밖을 내다보며 경주는 제이니가 그립긴 하지만 이곳도 나쁘지 않다고 생각했다. 카페 내부도 넓고 통유리창 덕분에 시야도 환했다. 어떤 취향도 느껴지지 않는 음악이나 특징 없는 실내도 차츰 익숙해졌다. 인공적인 향이 심한 초록색 물비누로 손을 씻을 때면 불 꺼진 제이니의 화장실 세면대에 놓여 있을 아로마 핸드워시가 떠올랐지만 경주는 그 핸드워시로 손을 씻던 순간을 그리워하는 대신 같은 향의 핸드크림을 꺼내 손에 발랐다.

다른 카페로 출근할 때도, 하원하는 지우와 함께 집으로 돌아갈 때도 경주는 제이니 앞을 지나갔다. 공지한 날짜가 지났는데도 카페의 문은 닫힌 상태였다. 며칠 동안 카페에 나가 책도 읽고 고민도 하고 밤이면 주원과 술잔을 기울이며 얘기도 나눴지만 경주는 어떤 분야에 흥미가 생기고 앞으로 무엇을 배우고 싶은지 방향을 잡지 못했다. 다시 제이니에 가서 그녀가 자주 앉던 테이블에 앉아 미스 제이니가 선곡한 음악을 들으며 커피를 마시면 가닥이 잡힐 것 같은데 미스 제이니는 왜 약속을 지키지 않고 카페를 방치해두는 건지, 개인 사정이 해결되지 않은 건지 알 길이 없었다. 손님을 배려하지 않는 무신경함은 그녀가 두 달 동안 봐온 미스 제이니의 모습과 달랐다. 오갈 때마다 보는 출입문 옆의 식물들과 나무도 신경 쓰였다. 겉으로 보기에는 시든 기색이 없지만 물을 주는 사람이 계속 오지 않는다면 언제까지 버틸 수 있을까. 시간이 지날수록 미스 제이니에 대한 실망감이 생겨났다. 미스 제이니를 만나면 왜 손님들에게 한 약속을 지키지 않는 거냐고 묻고 싶어졌다.

이틀 뒤에 카페 제이니의 간판에 불이 켜져 있는 걸 보고 경주는 반가운 마음이 들었지만 선뜻 안으로 들어가지 못했다. 기다린 마음과 달리 카페의 문을 열지 않고 지나가버린 걸 뭐라 설명할 수 있을까. 문이 닫혔을 때는 그 앞에 서 있는 의리를 발휘했고 제이니의 오픈을 기다렸으면서 정작 카페에 불이 켜진 순간에는 지나쳐버린 게 스스로도 의아했다. 경주는 제이니 옆으로 천천히 걸어가며 카페 안을 살폈다. 손님이 없는 카페에서 미스 제이니는 코바늘과 실을 든 채 가만히 앉아 있었다. 창밖에서 보는 옆모습은 평소처럼 온화하고 여유로워 보였다. 경주는 미스 제이니와 눈이 마주칠까봐 고개를 돌렸다. 아이가 아파서 카페에 일주일 동안 못 갔을 때와 달리 단골로서 떳떳하지 못하다는 기분이 들었다. 내일은 아무 일 없던 것처럼 다시 제이니로 돌아가리라 생각했다.

커피를 주문하면서 간단히 인사를 하고 안부를 물어야겠다고 생각하며 제이니에 도착했는데 경주를 맞이한 건 유리창에 새롭게 붙은 휴무 공지였다. 어제 들어갈 걸 그랬다는 아쉬움만큼이나 마음은 미묘한 방향으로 구겨졌다.

새로운 카페에서 계산하면서 경주는 무심코 지갑 안에 든 제이니의 쿠폰을 꺼냈다. 그동안 모은 여덟 개의 스탬프가 아깝지만 두 개를 채워 무료 커피를 마시는 게 어려울 것 같았다. 제이니의 쿠폰을 계속 가지고 있어야 하나 고민하다가 지갑에 다시 넣었다.

카페는 많고 단골들이 제이니만 고집할 이유는 없었다. 제이니에 가지 않게 되면서 경주는 다이어리에 출근 시각을 기록하지 않게 되었다. 출근보다 잠시 쉰다는 느낌으로 카페에 머물렀다. 한 카페를 고집하지 않고 그날그날 기분이 내키는 대로 들어가서 커피를 마시며 시간을 보냈다.

구직 활동을 멈춘 뒤로 노트북 없이 카페에 가는 날이 많아져서 바탕화면의 지구, 우주에서 바라본 지구를 보며 원근감도 조절하지 않았다. 집과 카페, 마트와 도서관, 지우의 어린이집을 오가는 하루가 이어졌고 당분간 계속될 예정이었다. 예전에는 여름이나 겨울 휴가 때마다 해외로 나가고 주말이나 명절 연휴가 되면 강박적으로 여행을 다녔다. 그래서 좁고 짧은 동선을 반복해서 오가는 길이 한동안 답답하게 느껴졌는데 경주는 점점 매일 다니는 길에서 조금씩 색이 변해가는 나무와 하늘을 보며 소박한 새로움을 발견해나갔다. 그것이 넓은 세계, 미지의 도시보다 더 아름다운 건 아니지만 경주는 한 사람이 경험할 수 있는 세계가 그리 넓지 않다는 것을 깨달았다.

지우를 데려다주고 카페로 가는 길, 오후에 카페에서 나와 도서관에 가거나 아이를 데리러 가는 길, 하루에 두 번, 정해진 시간에 하는 산책이 좋았다. 새로운 카페를 찾아다녔기 때문에 가는 길이 조금씩 달라졌는데 그 길을 걸으며 가로수를 보거나 담쟁이덩굴을 보는 게 좋았고 조금 일찍 나와 오후의 거리 이곳저곳을 천천히 둘러보며 지우를 데리러 가는 것도 좋았다. 취업의 강박에서 벗어난 것이 그녀를 편안하게 만들고 주위를 돌아볼 여력도 선사하는 것 같았다.

문화센터의 수업 안내에서 라탄 기초반 커리큘럼을 보고 카페 제이니에 진열돼 있던 라탄 소품들이 떠올랐다. 카페들을 순례하며 홍보나 마케팅과 상관없는 책을 읽고 일주일에 한 번은 라탄 공예 수업을 들으러 다녔다. 테이블에 둘러앉아 손으로 직접 나무를 만지고 시간을 들여 천천히 모양을 만들어가는 것이 즐거웠다. 쉬운 것부터 하나씩 완성해가면서 미스 제이니가 직접 만들었던 전등과 화분, 트레이의 디테일이 얼마나 독창적이고 공들인 작품인지 알게 되었다.

경주는 공간으로서의 제이니뿐 아니라 제이니에서 보낸 시간도 자주 돌아보았다. 카페 제이니가 문을 닫아서 갈 수 없다는 것은 단순히 한 곳의 카페가 영업을 하지 않는다는 것 이상의 의미를 지녔다. 제이니에서 재취업을 준비하며 두 달의 시간을 보내는 동안 경주는 일자리와 월급의 개념이 바뀌고 사라지는 시대에 자신의 자리는 어디에 있고 앞으로 무엇을 하며 살아야 하는지 고민했다. 그게 재취업의 문제가 아니라 인생을 어떻게 살아야 하는지에 대해 생각해보는 시간이었다는 걸 제이니에서 두 달을 보낸 뒤에야 알게 되었다. 친구 J와 인생의 한때를 지나왔듯 카페 제이니와도 짧은 구간을 함께 건너왔다. 그곳에 더 있었더라면 미스 제이니와 친구가 되었을지도 모르겠다.

휴무 공지가 끝난 뒤 카페 제이니는 문을 열었다. 2주일 만에 먼발치에서 제이니의 불 켜진 간판과 유리창을 보았을 때, 경주는 안도하면서도 어떤 마음이 자신에게서 떠나갔음을 느꼈다. 호감이 언제 생기고 마음이 언제 변하는지, 사람이 언제 기대감을 품고 무엇 때문에 실망하는지 알 수 없지만 제이니에 가야 한다거나 가고 싶다는 생각 자체가 생기지 않았다.

카페는 눈에 띄게 한산해졌다. 대로변에 2층짜리 프랜차이즈 카페가 문을 열기도 했고, 근처의 다른 카페가 커피 가격을 내리면서 손님들이 그쪽으로 몰렸다. 단골들이 어떤 마음으로 흩어졌는지 모르겠지만 혼자 테이블에 가만히 앉아 있거나 뜨개질에 몰두하고 있는 미스 제이니의 모습을 보는 날이 많았다. 지나가다 한산한 카페와 빈 테이블을 확인하면 마음이 편치 않았지만 경주는 제이니에 들어가서 커피를 마시지는 않았다.

지우의 어린이집에서 키즈 카페에 놀러 간다고 해서 하원 길에 같이 마트에 들렀다. 김밥 재료와 과일을 카트에 담고 과자와 음료수를 고르기 위해 코너를 돌았다. 지우는 평소에 사고 싶던 것을 카트에 다 집어넣었고 경주는 뒤따라가며 그것들을 하나씩 제자리에 돌려놓았다. 경주가 초코쿠키를 내려놓고 카트의 손잡이를 잡았을 때 옆에 서서 초코쿠키의 뒷면을 살피는 사람은 미스 제이니였다. 경주는 잘못 봤나 싶어 뒤로 조금 물러났고 그 여자가 미스 제이니라는 걸 확인했다.

경주는 미스 제이니의 옆모습을 잠시 쳐다보았다. 카페 제이니에 출근하던 때 호감을 느꼈던, 감각이 특별하고 옷맵시가 돋보이던 모습과 달리 수수한 차림으로 물건을 고르는 얼굴이 조금 피곤해 보였다. 미스 제이니는 카페의 일을 잊은 듯 물건 고르는 데 열중했고 그녀의 모습에서 카페의 흔적을 찾기란 어려웠다. 카페 문을 수시로 닫게 만들었던 개인 사정이 뭔지 모르고 끝내 알 수 없겠지만 자신은 끝까지 제이니의 단골로 남을 수도 있었는데 쿠폰을 버려야 한다는 게 아쉬웠다. 경주는 자신이라면 카페가 그렇게 되도록 내버려두지 않았을 거라고 생각했고, 하마터면 미스 제이니에게 다가가 왜 카페를 그렇게 만든 거예요, 라고 말할 뻔했다. 단골들은 다 잊었어요? 당신이 그 카페의 주인이지만 카페가 당신의 것만은 아니잖아요, 라고 말하고 싶은 걸 참았다. 그런 욕구를 억누르느라 잠시 멍하게 서 있었다. 앞서 가던 지우가 엄마 빨리 와, 하고 불렀다. 미스 제이니가 고개를 돌려 지우와 경주를 쳐다보았다. 경주와 눈이 마주친 미스 제이니의 얼굴에 반가움이 흐릿하게 번져나갔다. 경주는 자기 마음을 들킨 것 같아 당황했고 자신이 어떤 표정을 짓고 있는지 몰라 서둘러 시선을 피했다. 오랜만이네요, 라고 인사할 수도 있고 이런 데서 보네요, 무슨 일이 있나 걱정했어요, 라는 말을 건넬 수도 있었다. 그런데 경주는 고개를 돌렸고 미스 제이니를 그대로 지나쳤다. 못 보거나 알아보지 못한 것처럼 지우를 따라 앞으로 걸어갔다. 미스 제이니가 경주의 뒷모습을 계속 쳐다보았는지 바로 고개를 돌렸는지는 알 수 없었다.

집에 돌아와 지우가 잠든 뒤에도 경주는 자신의 행동을 납득하기 어려웠다. 자신이 모른 척하고 그냥 지나가던 순간이 머릿속에서 여러 번 반복되었다. 자신의 지나침이 미스 제이니에게 상처가 되었을 거라는 생각 때문에 밤이 깊고 새벽이 될 때까지 잠이 오지 않고 마음이 가라앉았다. 한편으로는 자신이 제이니를 외면한 것이 아니라 카페가 자신을 밀어낸 거라고, 미스 제이니가 왜 그랬는지 모르겠다고 우기고 싶어졌다.

경주는 오랫동안 그렇게 묻고 싶었다. 왜 그랬느냐고. 왜 돌잔치에 오지 않고 이유도 알려주지 않은 거냐고, 우리가 왜 이렇게 된 거냐고, 오랜 친구들과 이제는 연락도 주고받지 않는 J에게 물어보고 싶었다. 그녀의 이력서를 패스하는 담당자들과 미스 제이니에게도 묻고 싶었다. 그러나 경주는 그들에게 묻는 대신 자신에게 물었고 그들에게 답을 들을 수 없을 것 같아 지나쳤다. 오랫동안 혼자 짐작하고 헤아렸다. 자신을 설득하는 동안 질문의 공소시효가 지나가버렸다.

다음 날 경주는 키즈 카페에 간다고 신이 난 지우를 어린이집에 데려다준 다음 제이니 쪽으로 걸어갔다. 커피를 주문하면서 미스 제이니에게 자연스럽게 말을 건네볼 생각이었다. 골목을 돌면 보이는 제이니의 간판과 유리창에 불이 꺼져 있었다. 경주는 오랜만에 문앞에 서서 카페 안을 들여다보았다. 유리창에 타이핑한 종이가 붙어 있었다.

그동안 카페를 찾아주신 분들께 감사드립니다.
아이가 많이 아파서 당분간 카페 문을 닫습니다.
이 글을 보시는 분들,
아이를 위해 한 번만 기도해주세요. 부탁드립니다.
감사합니다.

경주는 어제 마트에서 봤던 미스 제이니의 얼굴

을 떠올렸다. 자신이 느꼈던 피곤함 너머, 보지 못했고 볼 수 없어서 오해했던 표정이 생각났다.

경주는 자신이 두 달 동안 시간을 보냈던 카페를 새삼스레 다시 둘러보았다. 여전히 미지의 시간을 지나는 중이고 어디에 도달하게 될지 몰라 두리번거리고 있지만 여기서 보낸 한 시절이 자신을 앞으로 나아가게 한 건 분명했다. 어둠 속의 푸른 잎들은 다행히 꼿꼿하고 싱싱해 보였다.

미스 제이니가 붙여놓은 종이의 하단에는 힘내세요, 기도할게요, 같은 응원 메시지가 적혀 있었다. 경주도 가방에서 볼펜과 포스트잇을 꺼냈다. 무어라고 적어야 할지 몰라 볼펜을 든 채 가만히 서 있었다. 그러다 손을 모은 채 고개를 숙였다. 그냥 지나갈 수 없었다.

움직이는 좌표

박혜진

19호실의 역사

"혼자였다. 혼자였다. 혼자였다." 도리스 레싱의 단편소설 「19호실을 가다」를 떠올리면 같은 말을 세 번이나 반복하는 절박한 목소리부터 들려와 다른 생각을 할 수가 없다. 수잔은 "몇 시간 동안 혼자 있고 싶어서" "이 세상에서 완전히 혼자 있고 싶어서" 평범하고 무특징한 데다 창문과 안락의자는 지저분하기 짝이 없는 싸구려 호텔 방을 간절한 마음으로 향한다. 그 방을 생각하고, 또 혼신을 다해 그 방을 그리워하는 수잔의 모습은 경주와 많이 닮았다. 매일 아침 11시 반, 같은 카페 같은 자리에 앉아 같은 음료를 주문하며 이력서를 쓰는 경주가 지나고 있는 길은 인류 역사상 수많은 여성들이 찾아낸 탈출구였던 것이다. 경주가 출근 도장을 찍는 카페 제이니는 수잔의 19호실처럼 그녀를 오직 자신으로 존재하게 하는 공간이다. 버지니아 울프의 '자기만의 방'과 도리스 레싱의 '19호실', 그리고 서유미의 '카페 제이니'로 이어지는 자발적 고립의 역사에서 여성들은 서로를 조금씩 이어받는 동시에 조금씩 비켜나 있다.

'자기만의 방'이 자아를 지키기 위해 여성에게 필요한 경제적 독립과 물적 토대로서의 공간인 데 반해 '19호실'은 경제적 자유를 확보한 공간으로서의 의미는 크지 않다. 왜냐하면 수잔이 원한 건 돈이 아니라 완벽한 혼자였기 때문이다. 물론 철저한 고립마저도 수잔의 공허함을 해결해줄 수는 없었다. 좀처럼 괜찮아지지 않던 수잔이 어렵게 찾아낸 혼자만의 공간에서 끝내 자살했다는 사실은 수잔에게 19호실이 무엇이었으며 그러나 불행하게도 끝내 무엇일 순 없었는지 말해준다. "그런

데 만일 그것이 정말 모든 것을 지탱할 만큼 강하지 않다고, 중요하지 않다고 느꼈다면, 그건 누구의 잘못일까? 확실히 수잔의 잘못도 매튜의 잘못도 아니다. 그건 본질에 관한 문제였다."* 19호실은 수잔을 그녀의 가족들로부터 독립(혹은 차단)시키는 데 성공적인 공간이었을지 모르나 그녀에게 가부장제라는 공기까지 차단해주지는 못했다. 수잔은 더 이상 숨을 곳이 없었다. 질식할 것 같은 세상을 살아가느니 차라리 스스로를 질식시키는 편을 선택하는 것이 수잔의 방식이었다. 19호실은 차라리 끝끝내 파악할 수 없는 수잔의 마음 그 자체다.

서유미의 '카페 제이니'는 오직 자신만을 위해 소비하는 곳이면서 혼자라는 상태를 누릴 수 있는 곳이다. 따라서 경주의 일상을 조금 다른 색으로 채워주는 카페 제이니는 자기만의 방인 동시에 19호실이다. 그러나 경주의 모순된 감정이 공존하는 이곳은 결코 자기만의 방도 19호실도 아니다.

* 도리스 레싱, 『19호실로 가다』, 서숙 옮김, 민음사, 1994, 12쪽.

가족으로부터 해방되어 오롯이 나 자신으로 존재하기 위해 성실하게 출근 도장을 찍는 경주이지만 그녀가 이곳에 오는 이유는 다른 데 있는 것 같다. 그녀는 카페 주인에 대해 상상한다. 미스 제이니라는, 혼자만 부르는 별명을 지어주고 카페에 앉아 있거나 뜨개질에 몰두하는 미스 제이니를 유심히 관찰한다. 카페 제이니에서 경주는 혼자 있는 동시에 미스 제이니와 함께 있다. 카페 제이니는 완전히 나 자신, 그러니까 독신이던 시절의 '나'를 경험하는 것과 같은 기억을 불러일으키는 곳이지만 경주가 정말로 원하는 것이 완전히 혼자가 된 '나'라고만은 할 수 없다. 그녀는 가족으로부터 떨어져 자신으로 존재하고 싶어 하는 동시에 떨어지고 단절되는 관계로 인한 소외감을 견딜 수 없어한다. 19호실이 그녀의 공허함을 채워주지 못했던 것과 마찬가지로 카페 제이니 역시 경주에게 충분한 도피처도 완전한 낙원도 되어주지 못한다.

카페 제이니는 경주의 과거와 현재와 미래가 공존하는 불가능한 공간이다. 이곳에서 경주는 혼자라는 상태를 통해 과거를 재현하는 동시에 구직 활동을 하며 현재를 살아내는 한편 카페 주인인 미스 제이니를 상상하며 자신의 미래가 그녀와 얼마쯤 닮아 있기를 꿈꾼다. 그러니까 이 공간은 돌아갈 수 없는 과거의 자신과 화해할 수 없는 현재의 자신, 그리고 상상하고 싶지만 그녀를 통해서가 아니면 상상조차 할 수 없는 자신의 미래를 한꺼번에 경험할 수 있는 곳이다. 과거와 현재와 미래 그 사이 어딘가에서 부표처럼 떠다니는 경주가 과거도 현재도 미래도 만날 수 있는 곳인 셈이다. 카페 제이니가 어느 날 갑자기 문을 닫고 2주 동안 영업을 중단했을 때 경주가 느낀 실망감이 필요 이상으로 커 보였던 것은 2주 동안 머무를 다른 카페가 없어서가 아니었을 것이다. 이 카페에서 경주는 아득하고 까마득한, 무섭고 막막한 시차를 느끼지 않아도 된다. 과거와 현재, 그리고 미래가 공존하는 곳에는 시차가 없다.

무자비한 시차

육아휴직 이후 복직 대신 퇴직을 선택한 경주는 아이를 어린이집에 보낼 수 있을 정도가 되자 카페 제이니로 출근해 재취업을 위한 구직 활동을 시작한다. 사람들은 그녀를 경력 단절 여성이라고 부른다. 줄여서 경단녀라고도 한다. 30대 중후반에서 40대 초반의 여성 중 결혼과 육아를 병행하는 이들은 종종 경주와 같은 선택의 기로에 선다. 그들은 워킹 맘이 될 수도 있고 전업주부가 될 수도 있다. 경주는 아직 어느 쪽으로도 마음을 정하지 못했다. 스스로를 정체화하지 못한 상태랄까. 연봉만 조금 낮추면 재취업에 큰 문제가 없을 거라 생각했던 경주는 막상 취업 시장에 들어서자 무자비한 '시차'를 느낀다. 그녀가 육아와 함께 보낸 시간은 사회가 돌아가는 시간과 같은 속도로 움직이지 않았다. 자비 없는 '시차'는 그녀에게 파트타임 이상의 안정된 직장에 접근하는 것을 막아서는 장벽이 된다. 돌아오는 것은 스스로 내면화하고 있던 편견뿐이다. 경주는 정신 차릴 수 없는 시차에 현기증이 날 지경이다.

재취업하려면 결국 편의점 알바나 식당, 카페의 서빙과 마트 계산원, 텔레마케터 같은 일을 알아봐야 한다는 현실도 받아들이기 힘들었다. 그런데 시간이 지날수록 비참하게 만드는 대상과 범위가 확장되었다. 그런 일을 하는 사람은 따로 정해져 있다고 선을 그어왔던 자신의 민얼굴과 마주하는 것이 더 고통스러웠다. (126쪽)

일자리를 구하는 데에서만 단절을 느끼는 게 아니다. 고등학생 때부터 함께해온 오랜 친구들과의 관계, 우연한 기회로 다시 연결된 친구 J와의 관계 등이 모두 '시차'의 벽을 넘지 못하고 단절의 상태에 이르고 만다. 30대가 되면서 더 돈독해진 다섯 명의 비혼 친구들 중 경주가 가장 먼저 결혼과 육아의 트랙에 오르면서 자연스럽게 경주의 삶은 네 친구와 달라지고 서로의 관심사도 달라진다. 급기야 경주가 초대한 돌잔치에 네 사람 중 어느 한 사람도 오지 않고 돌잔치라는 행사가 있다는 사실조차 잊어버린 친구들 앞에서 경주는 조용히 대화방을 나옴으로써 관계를 정리한다. 시차는 단절을 만든다. 그리고 단절은 관계의 죽음을 의미한다. J는 그들과는 다른 친구였다. 집으로 놀러 와 경주와 속마음을 나누고 함께 가벼운 마음으로 배달 음식을 시켜먹을 수 있는 편안한 관계. 그러나 경주는 결혼하지 않은 친구들과의 벽 앞에서 방향을 바꾼 것처럼 아이 엄마의 입장을 이해하지 못하는 J의 벽 앞에서도 방향을 바꾼다.

J와 재취업과 경력 단절에 대한 얘기를 나누는 동안 경주의 마음은 한쪽에서는 셔터가 천천히 내려왔다. 안과 밖이 훤히 보이지만 저쪽의 말이 이쪽으로 들어오지 못하고 안에 있는 말이 밖으로 흘러 나가지 않았다. (118쪽)

그때 경주가 잃어버린 건 무엇이었을까. 자신을 자신과 같은 마음으로 이해해주지 않는 사람들 앞에서 경주는 마음의 셔터를 내린다. 무자비한 건 오히려 경주 쪽이었을지도 모른다. 19호실로 갔던 수잔이 스스로를 고립시켰던 것처럼 경주도 어느새 스스로를 고립시키고 있었던 건 아닐까. 세상에 질식당하기 전에 스스로를 질식시켜버리겠다는 듯이 사람들로부터 자신을 떼어내고 있었던 건 아닐까. 관계에 대한 자신감이 결여된 자리에 자격지심이 가득 들어선 경주가 자신의 삶에 확실히 새겨진 늦어버린 시차를 인식하지 않는 방법은 자신과 다른 속도로 살아가는 사람들 곁에 자신을 두지 않는 것이다. 다른 속도로 살아가는 사람들로부터 멀리멀리 달아나는 것이다. 단절되고 도망가는 건 막다른 길에 선 경주가 선택한 유일한 방법이었을지도 모른다는 생각이 든다. 혼자 서 있는 것은 외롭다. 고독하고 쓸쓸하다. 그러나 늦었다는 생각에 서두를 필요 없고 길을 잘못 들었다는 생각으로 불안해할 필요가 없으므로 혼자 서 있는 것만이 그녀를 주저앉지 않게 한다. 경주는 혼자 서 있는 것을 피할 수 없었을지도 모른다.

되찾은 한 시절

자신을 지키기 위해 자신과 다른 속도로 살아가는 타인을 허락하지 않는 경주가 미스 제이니를 스쳐 지나가지 못하는 이유가 무엇이었을까. 그렇지 않아도 계속되는 단절에서 비롯되는 힘겨운 마음에 카페 제이니의 갑작스러운 휴업까지 겹치자 경주는 어디로도 도망칠 수 없다는 선고를 받는 것만 같다. 어쩌면 버림받은 듯한 기분마저 느끼던 경주는 다시 찾은 카페 문 앞에 붙어 있는 작은 메모, 아이가 많이 아파서 당분간 카페 문을 닫는다는 내용의 글을 읽고 한참을 그 자리에 서 있는다. 그 글은 경주의 발길을 한참 동안 문 앞에 붙들어 둔다.

경주는 자신이 두 달 동안 시간을 보냈던 카페를 새삼스레 다시 둘러보았다. 여전히 미지의 시간을 지나는 중이고 어디에 도달하게 될지 몰라 두리번거리고 있지만 여기서 보낸 한 시절이 자신을 앞으로 나아가게 한 건 분명했다. 어둠 속의 푸른 잎들은 다행히 꼿꼿하고 싱싱해 보였다.

미스 제이니가 붙여놓은 종이의 하단에는 힘내세요, 기도할게요, 같은 응원 메시지가 적혀 있었다. 경주도 가방에서 볼펜과 포스트잇을 꺼냈다. 무어라고 적어야 할지 몰라 볼펜을 든 채 가만히 서 있었다. 그러다 손을 모은 채 고개를 숙였다. 그냥 지나갈 수 없었다. (160쪽)

서유미 작가는 경주가 그냥 지나갈 수 없었던 마음의 사정에 대해서는 쓰지 않는다. 그래도 우리는 알 것만 같다. 세상이 돌아가는 속도와 다른 곳에서, 그러니까 어느 작은 카페에서 제이니와 따로 또 함께 보낸 그 시간은 비로소 경주에게 함께 보낸 시간으로 기억되기 때문이다. 언제나 두어 발 늦었다는 생각으로 자격지심과 열등감에 휩싸여 있던 경주는 제이니의 메모를 읽고 "여기서 보낸 한 시절이 자신을 앞으로 나아가게"(160쪽)했다고 말한다. 경주가 나아간 곳이 어디인지 묻고 싶지 않다. 힘든 시간을 '함께' 지나왔다는 생각이 경주로 하여금 앞으로 나아갔다고 믿게 했을 테니까.

경주는 자신이라는 점이 세상이라는 공간 위 어

느 위치에 찍혀야 할지 몰라 불안해했다. "마흔한 살의 아기 엄마가 설 곳이"(50쪽) 어디인지 알 수 없었다. 그러나 소설의 마지막에 이르러 미스 제이니가 붙여놓은, 가게 문을 닫을 수밖에 없는 이유를 읽을 때 경주가 느끼던 불안감은 사라지고 경주 내면에 단단한 무엇이 차오르는 것을 우리는 느낄 수 있다. 비로소 좌표가 찍혔기 때문이다. 하나의 점은 엑스축과 와이축이 만날 때 비로소 위치를 가진다. 경주와 제이니라는 각각의 축이 한 점에서 만난 것이다. 만났으므로 이동할 수 있다. 혼자일 때에는 알 수 없던 자신감과 긍지가 제이니와 보낸 한 시절을 마음에 품는 순간 생겨나기 시작했다. 그러자 나도 더 이상 그녀가 "잃어버린 것"(82쪽)에 대해 묻고 싶지 않아졌다. 그녀가 잃어버린 것이 아니라 세상이 잃어버린 것이기 때문에.

가끔은 무인도에서 비행기가 지나갈 때마다 횃불을 들고 구조 신호를 보내는 기분이었다. 여기에 자신이 있음을 알아봐주기를 간절히 바라는 마음으로 팔을 흔들었다. 이력서를 읽음과 읽지 않음 모두 도움의 손길로 이어질 가능성이 희박했지만 무언가 보이면 열심히 팔을 흔들어야 했다. 멈추지 않는 게 중요했다. (12쪽)

『우리가 잃어버린 것』은 오랜 시간 동안 계속되어온 여성들의 자발적 고립의 역사 위에 서 있다. 그러나 과거의 소설들이 혼자라는 상태, 고립이라는 상황에서 돌파구를 찾아내는 데 그쳤다면 서유미의 성취는 각자의 고립을 넘어서는 느슨한 연대를 통해 멈춘 듯한 좌표를 이동시켰다는 데에 있다. 단절된 것처럼 보이고 뒤늦은 것처럼 보이는 그들의 시간은 기준점을 바꾸면 연결된 것처럼 보이고 적절한 것처럼 보인다. 경주에겐 미스 제이니가 모든 시차를 바로잡게 해주는 새로운 기준점이다. 고립의 역사 위에서 시작한 이 소설이 이토록 함께하며 끝날 수 있다니, 상처를 끌어안던 서유미의 소설은 이제 스스로 낫는 법에 대해 이야기하고 있는 것 같다. 세상을 향해 횃불을 들고 구조 신호를 보내던 경주는 없다. 그녀의 좌표가 이동하기 시작했다.

작가의 말

우주에서 창백한 푸른 점인 지구를 바라보듯,
카페 제이니의 창가에 앉아 궤도를 수정하는 노
경주의 삶을 들여다보고 싶었다.

삶이 지속된다는 것은
무언가를 천천히 잃어가는 일이기도 하다는 걸.
그걸 알아가는 게 슬프기만 한 건 아니라는 얘
기도 나누고 싶었다.

노경주가 불 꺼진 제이니의 문 앞에 서 있는 마
지막 장면을 오래 생각했다.

소설이 알지 못하고 닿을 수 없는 사람을 향해 간절해지는 마음을 전하는 일이라면,

뭐라고 써야 할지 몰라 펜을 든 채 우두커니 서 있는 사람의 심정으로

이 소설을 썼다.

애정을 갖고 원고를 읽어준 윤희영 팀장님과

노경주의 좌표를 예리하게 짚어준 박혜진 평론가에게 감사를,

가족들과 하나님께 사랑을 전한다.

2020년 12월 서유미

우리가 잃어버린 것

지은이 서유미
펴낸이 김영정

초판 1쇄 펴낸날 2020년 12월 25일
초판 4쇄 펴낸날 2021년 12월 17일

펴낸곳 (주)현대문학
등록번호 제1-452호
주소 06532 서울시 서초구 신반포로 321(잠원동, 미래엔)
전화 02-2017-0280
팩스 02-516-5433
홈페이지 www.hdmh.co.kr

ISBN 979-11-90885-49-2 04810
     978-89-7275-889-1 (세트)

* 책값은 뒤표지에 있습니다.

현대문학 핀 시리즈 소설선